A tutte le 2 e 4 zampe che mi hanno preso
il cuore e me lo hanno restituito più ricco.

Lisabetta Mugnai

PERCHÉ NON SI DICA CHE AMO SOLO I CANI
(Io e l'epimeletica)

Settembre 2015

Youcanprint *Self-Publishing*

Titolo | Perché non si dica che amo solo i cani (io e l'epimeletica)
Autore | Lisabetta Mugnai

ISBN | 978-88-93067-51-5

Youcanprint Self-Publishing
Via Roma, 73 – 73039 Tricase (LE) – Italy
www.youcanprint.it
info@youcanprint.it
Facebook: facebook.com/youcanprint.it
Twitter: twitter.com/youcanprintit

Immagine e realizzazione di copertina a cura di Aurora Filippi
Sito web: www.aurorafilippi.it

L'amore è una forma di pregiudizio.
Si ama quello di cui si ha bisogno,
quello che ci fa star bene, quello che ci fa comodo.
(Charles Bukowski)

Credo alla tua saggezza solo se viene dal cuore,
credo alla tua bontà solo se viene dalla ragione.
(Arthur Schnitzler)

La facoltà di compatire non è propria del solo uomo.
In casa mia v'era un cane che dal un balcone gittava
del pane ad un altro cane sulla strada
(Giacomo Leopardi)

Non mi sento responsabile d'essere migliore degli altri.
Ciò che non sopporto è di provare piacere nel dimostrarlo.
(Fabrizio De André)

PROLOGO

"Ho deciso di essere una persona migliore...
ma non subito, s'intende...
Forse tra qualche giorno."
Sally a Charlie Brown - (nei Peanuts)

Di ritorno dalle vacanze, il professor Stefano Federici, (Professore associato di Psicologia all'Università di Perugia) mentre sta ancora elaborando tutte le emozioni vissute in quel viaggio, è messo sotto pressione dal suo editore che gli chiede a più riprese di scrivere un articolo.[1]

Così, esasperato, gli dice: "Lei non è epimeletico!"

---

[1] "epimeletico? chi era costui?" pubblicato su http://cognitivelab.it/ e nel n. 18 luglio-agosto 2011 di inForma L'informazione diventa benessere

E parte con una definizione dell'epimeletica molto più ampia di quella che viene data comunemente e che mi trova concorde.

Proprio a Istanbul, dove era in vacanza, il professor Stefano Federici ha riflettuto sul sentimento epimeletico, la cui natura secondo lui è più profonda e antica dell'essere umano stesso, che ci spinge a prenderci cura di qualunque animale dimostri di averne bisogno. *Siamo stati programmati a riconoscere i tratti di un cucciolo e la sofferenza di un animale ferito, la disponibilità alla resa del più debole di fronte all'aggressore e quindi al nascere in noi di un insieme di azioni ed emozioni istintive, difficili da controllare razionalmente,* cito le sue parole.

Il professor Stefano Federici racconta che poteva in qualche modo controllare con il pensiero la tristezza che gli procuravano lo sfacelo del museo di Santa Sofia, l'incuria dell'arredo urbano che circondava la bellezza sublime e mistica delle antiche moschee. Con difficoltà, invece, controllava l'istinto di un sentimento che nasceva improvviso e inaspettato in una metropoli che non solo non aveva cura del suo passato, ma sviliva il suo presente nell'incuria degli animali.

«La grandezza di una nazione e il suo progresso morale possono essere valutati dal modo in cui vengono trattati i suoi animali», cita Gandhi il professore e giustamente.

Epimeletico, dunque, è assai più di un atavico comportamento animale che ha garantito tra i mammiferi la sopravvivenza dei cuccioli. È l'unità di misura di una civiltà, il metro più comune. Meno che bestie, farebbe di noi una civiltà che non insegnasse ai suoi figli a prendersi cura dell'altro, animale umano e non. Queste sono le parole del professore e io le condivido appieno. E conclude: *forse, se all' Editore avessi detto "lei non è empatico", l'avremmo fatta più corta. Ma poi, non avrei saputo che scrivere!*

E poi, aggiungerei io, l'empatia è qualcosa di un po' diverso. La parola empatia deriva dal greco e significa provare le stesse sensazioni ed emozioni dell'altro. Si è in empatia con un'altra persona nel momento in cui ci si cala nei suoi stessi panni e si percepisce allo stesso modo la realtà.

Ed è senza dubbio una capacità straordinaria, meravigliosa se non si ferma lì. Voglio dire che si può essere empatici e quindi possedere l'abilità di immedesimarsi in un altro ma, dopotutto, a questo punto si può anche rinfilarsi nei propri cenci e, salutando (perché l'empatico in genere è anche educato), tornarsene a casina propria. Solo se siamo anche epimeletici, io penso, riusciamo ad andare oltre e a farci carico di questo altro, uomo o animale che sia.

Basta comunque non incensarci troppo e non scordarci mai che, alla base di tutto, probabilmente, ci sono le nostre basi biologiche, il nostro essere animali sociali e quindi sappiamo bene, magari qualcuno solo inconsciamente ma lo sappiamo, che è fondamentale essere altruisti perché può sempre succedere di avere bisogno e se hai dato… qualcuno ti darà. Forse. E certe volte è proprio grazie a coloro con i quali entriamo in relazione che aiutiamo sì loro, ma anche noi stessi attraverso la gratificazione che ne deriva, attraverso la sensazione, a volte, di essere indispensabili alla loro vita. Anche se questo poi è tutto da dimostrare… Quindi, voliamo basso… non siamo poi così buoni, o almeno non solo, me compresa.

Ecco, prendiamo me per esempio.

Io credo di avercela l'epimeletica, anzi sono sicura di avercela però selettiva, molto selettiva.

Con gli animali mi funziona, ma non con tutti.

Sono sicura che se incontrassi un piccolo di serpente o di ragno non mi scatterebbe nessun istinto di prendermi cura di lui. Certo non lo ucciderei ma, diciamo che lascerei fare alla natura…

Con gli esseri umani mi funziona pochissimo, soprattutto da un po' di anni a questa parte.

Un tempo non era così.

I motivi possono essere svariati. Invecchiando in genere si diventa più tolleranti e comprensivi, si tende a sorvolare fermandosi solo sulle cose davvero importanti. Ma io non sto invecchiando così… ho mantenuto intatta la mia poca pazienza e tolleranza e ci ho aggiunto una buona dose di acidità.

Sarà che sono zitella? Può essere.

Di fatto i miei simili mi piacciono sempre meno, preferisco di gran lunga e con le dovute e preziosissime eccezioni, la compagnia degli animali. Speriamo che anche loro gradiscano la mia.

I cani li amo proprio tanto. Preferibilmente quelli dalla taglia media in su… In assoluto i pastori tedeschi e non sto qui a rispiegare il perché, l'ho già fatto in un altro libro. Ma amo in genere gli animali, e sì, più di molti esseri umani. Non ho mai pensato di un cane che se non ci fosse il mondo sarebbe un posto migliore. Nei confronti di diversi esseri umani invece sì che l'ho pensato.

Nella vita per fortuna si fanno incontri che sono come dei segnaposti, incontri che decisamente ci hanno migliorati e ai quali si ricorre con il pensiero per ritrovare fiducia e forza. Almeno per me è così.

E sicuramente, per quel che mi riguarda, due in particolare sono stati fondamentali per me, hanno messo a dura prova la mia pazienza e tolleranza e mi hanno regalato emozioni profonde e morbidezza.

Magari per qualcuno che è nato malleabile questi regali possono sembrare poca cosa. Per me che sono rigidina e severa sono stati una benedizione.

E questi due incontri riguardano due ragazzi, Antonio e Sanela, lui italiano e lei anche ma di etnia Rom. Due persone che più diverse per storia personale, origini, cultura e carattere non avrebbero potuto essere.

Sono immensamente grata a loro per essere, un giorno lontano, entrati nella mia vita, io mi godo ancora i frutti dei regali che mi hanno fatto.

Sanela, ovunque sia adesso, purtroppo non più sulla terra, forse avrà modo di saperlo. Antonio penso lo sappia, e se legge, lo saprà di certo.

Ma potevo scrivere qualcosa senza che ci fosse qualche cane di mezzo? No, via… E quindi racconterò anche di Lady, magnifica pastorina tedesca, la cui amicizia conservo nel cuore. Prima o poi tornerò a farle visita. E di Nonno Nick, il canino rasta che ho adottato quando aveva 16 anni e che ha un posto tutto suo nel mio cuore.

E comunque, sempre perché non si dica che amo solo i cani, vorrei precisare che amo anche i gatti. Come la mia Nena.

E, infine, racconterò anche di quando mi sono girata e l'epimeletica non l'ho trovata né accanto né dentro di me, in quel momento.

SANELA

Canto per dire le mie lacrime
Quando canto è come quando piango.
Danzo per dire la mia gioia,
quando danzo è come quando rido.
(anonimo Rom)

Avevo poco più di 30 anni e vivevo con un fidanzato che ogni giorno, quando tornava a casa dal lavoro, mi raccontava episodi divertenti che riguardavano alcuni bambini rom che frequentavano la scuola elementare dove lui prestava servizio.

Si era offerto di guidare il pulmino che doveva prelevare i bambini dal campo dove vivevano e portarli a scuola.

Lui, persona delicata e dal cuore tenero e soprattutto coscienziosa, la mattina arrivava al campo, parcheggiava il pulmino e faceva il giro delle roulottes e delle baracche.

O faceva così o se si fosse limitato a suonare il

clacson, ben pochi di loro sarebbero saliti sopra.

Così lui li aiutava a vestirsi, a cercare le scarpe, o almeno le ciabatte, qualcosa insomma da infilarsi ai piedi, visto che lì chi prima si alzava prima si vestiva con le cose migliori o con ciò che c'era.

Alla fine riusciva a portarli tutti (o quasi) a scuola, diventando presto un volto conosciuto e accolto molto cordialmente al campo rom.

I bambini lo adoravano, li aveva sempre tutti intorno, un po' come San Francesco con gli animali.

Con alcuni di loro aveva instaurato veri e propri rapporti d'amicizia e una in particolare era la sua preferita: Sanela.

Ne parlava di continuo e più volte mi aveva detto: passa da scuola che te la faccio conoscere, ti piacerà da matti.

Così, curiosa come le scimmie, un giorno sono passata e naturalmente l'ho conosciuta.

Bellissima, il mio fidanzato aveva ragione.

Senza peli sulla lingua, di una sincerità brutale, non si dimostrò per nulla amichevole nei miei confronti. Mi guardò a lungo, anzi direi che mi esaminò per poi sentenziare: sei proprio brutta.

Quel giorno accompagnammo lei e altri due bambini al campo all'uscita da scuola e per tutto il viaggio non fece che deridermi e provocarmi.

Canticchiava: quattrocchi, sei una quattrocchi… riferendosi ai miei occhiali e si spenzolava dal finestrino gridando tutto quello che le passava per la mente.

Era gelosa, il mio fidanzato era il suo grande amore lo capivo ma... mica si poteva rischiare che cadesse dall'auto per sfogare la sua rabbia!

Così le ho fatto pelo e contropelo, ruvida come lei che mi viene bene, dato che rospa di natura lo sono anche io.

Il resto del viaggio si svolse in un silenzio di tomba da parte sua mentre con gli altri si parlava e si rideva.

Diciamo che come primo incontro non risultò felice, però ci furono altre occasioni e lei, pur non mostrandosi interessata a me, non fece la matta come quella prima volta.

Un giorno il mio fidanzato, tornando a casa, mi disse che Sanela era ricoverata al Meyer, l'ospedale per i bambini.

Quello non era il primo ricovero, né sarebbe stato l'ultimo, Sanela soffriva di epilessia. L'andammo a trovare, lei non ci vide subito e così ebbi modo di scoprire qualcosa che, di norma, lei nascondeva. Vidi una piccoletta, sola, con l'espressione triste e impaurita.

Appena si accorse della nostra presenza ritornò immediatamente la Sanela con lo sguardo fiero e provocatorio che buttò le braccia al collo del mio fidanzato e a me disse solo: ciao.

Parlando, mi resi conto che sapeva tutto della sua malattia, che era autonoma e prendeva da sé le medicine, al campo nessuno era in grado di badare a lei e alle sue necessità.

Il padre era morto, questa almeno era la versione ufficiale, la madre era sempre in giro a chiedere l'elemosina ed era anche una donna anziana e piena di acciacchi fisici. Aveva un sacco di fratelli, di cui almeno uno in galera (ma mi pare forse due), gli altri si arrangiavano come potevano visto che, seppur giovanissimi, avevano già mogli e un discreto numero di bambini.

Nessuno sarebbe mai andato a farle visita mentre era ricoverata, non avevano tempo né mezzi per arrivarci visto che il campo era parecchio distante.

Sarebbero andati a prenderla, certo, ma non è detto che l'avrebbero fatto il giorno delle dimissioni, a volte anche tre o quattro giorni dopo, se non potevano.

Il personale dell'ospedale la conosceva, ed era abituato a situazioni familiari come la sua, perciò le veniva dato il pigiama, la tazza per la colazione e quel che le serviva.

Parlando con le infermiere scoprii che il racconto che facevano loro di quella ragazzina era lo stesso che mi aveva sempre fatto il mio fidanzato: estremamente intelligente e affidabile, matura, dolcissima, premurosa, una che si faceva subito volere bene e sempre ansiosa di aiutare.

Quindi era proprio con me che ce l'aveva.

Ora, non è che io sia chissà chi, però in genere ho sempre avuto facilità nell'instaurare rapporti con gli altri, con i bambini poi figuriamoci.

È vero che non si può essere simpatici a tutti ma... continuavo a pensare che semplicemente lei fosse gelosa.

Tornai a trovarla da sola, e la delusione nei suoi occhi quando si accorse che ero solo io fu chiarissima.

Chissà cosa mi spingeva a volerla conquistare, se mi fosse scattata l'epimeletica a vederla affrontare da sola l'ospedale e la sua malattia, oltre alla condizione di bambina rom che certo la vita gliela complicava ancora di più.

O se ero gelosa anche io.

O se non mi andava giù che non mi trovasse simpatica...

Le avevo portato una tazza per la colazione, nuova, tutta per lei. Il suo commento fu: ah, ma ce l'ho la tazza, me l'hanno data le infermiere.

Seppi poi che quella tazza guai a chi gliela toccava, se la lavava da sé per paura che a qualche infermiera potesse cadere in terra e rompersi.

Anche orgogliosa la bimba...

Aveva dei capelli che dire splendidi non rende l'idea, le chiesi il permesso di toccarli perché sembravano di seta e volevo sentire se anche a toccarli facessero questo effetto. Lo facevano e dai capelli iniziammo a parlare.

Molto fieramente mi raccontò che lei i pidocchi non li aveva mai presi perché se li lavava tutti i giorni e li spazzolava di continuo.

I tuoi non sono mica tanto belli, mi disse.

E ridaje…
Eh, che vuoi, ormai sono vecchia, risposi.

Ma nooooooo, non sei tanto vecchia. Questa fu la cosa che più si avvicinava a un complimento che mi avesse mai detto.

Prima di andarmene le lasciai il numero di telefono dicendole che poteva chiamare quando voleva, se aveva bisogno di qualcosa.

Da quel momento furono pochissimi i giorni, durante i ricoveri ma uguale quando era al campo, in cui Sanela non mi chiamasse.
A volte solo per chiedere: che stavi facendo?
A volte mi esasperava, a volte non rispondevo quando immaginavo fosse lei.

E me ne chiedeva conto: ieri ti ho chiamata e non hai risposto, ma scommetto che eri in casa.

Sincera, come lei, le dicevo che sì c'ero e non avevo risposto perché non ogni momento avevo voglia di parlare con qualcuno, magari volevo continuare a leggere un libro.

E se io avessi avuto bisogno, se fossi stata in pericolo? Insisté una volta.

Conoscendoti, avresti richiamato mille volte di fila finché non rispondevo, le dissi. Allora si mise a ridere e iniziò a chiedere, quando chiamava (telefonando anche un pochino meno spesso), se stavo leggendo un libro.
Ironica.

Cominciammo a vederci, siamo andati a mangiare la

pizza che a lei piaceva da matti, oppure a invitarla a cena da noi perché smaniava dalla voglia di conoscere la nostra casa.

Naturalmente l'andavamo a prendere al campo, dopo che lei aveva chiesto il permesso a sua madre e la sera la riportavamo.

Sempre, sempre prima di uscire Sanela si lavava (e al campo questo significava spesso doccia con acqua fredda), si profumava e si vestiva con una cura maniacale.

Se andavamo a cena a casa nostra si presentava immancabilmente con un regalo, un braccialetto fatto da lei, delle caramelle, un disegno o un loro piatto tipico, cucinato da lei, precisava, e con tanta ansia di ricambiare in qualche modo.

Era diventato piacevolissimo stare con lei, era davvero molto intelligente, divertente e sincera.

Dopo cena insisteva, e non c'era verso di farla desistere, nel lavare lei i piatti.

Io non volevo, mi pareva ci fosse in questo un sentirsi, da parte sua, in debito fino al punto di farci da domestica.

Non avevo capito nulla. Era il suo modo di esprimere la sua contentezza per le ore passate insieme.

Sanela aveva una voglia pazzesca, un desiderio vitale di integrarsi, parlava un italiano perfetto e con una notevole padronanza dialettica. A scuola andava benissimo ed era sempre pronta a conoscere i "non rom", a vedere come vivevano, cosa mangiavano, a conoscere le loro abitudini.

Aveva idee chiare sul suo futuro. Non sarebbe mai e poi mai andata a chiedere l'elemosina, come invece adesso a volte era costretta, la domenica soprattutto, davanti alle chiese insieme alla madre, cosa di cui si vergognava moltissimo stando sempre con il terrore che passasse qualche suo compagno di scuola o qualcuno che potesse riconoscerla.

Era impressionante la sua lucidità. Era consapevole che la sua malattia se da una parte le complicava la vita, dall'altra era stata una specie di salvezza. Era per quello che alla sua famiglia non era mai arrivata alcuna richiesta di matrimonio, nessuno si sarebbe mai preso un'epilettica.

E così lei poteva studiare in pace in attesa di diventare grande e trovarsi un lavoro e andare a vivere in una vera casa. Ero sicura che ce l'avrebbe fatta.

Il passaggio alle medie la elettrizzò, le piaceva avere tanti insegnanti ed essendo andata per fortuna in una buona scuola, ne trovò molti che accolsero con simpatia le sue richieste di amicizia.

Noi continuavamo a vederci, a sentirci.

Lei continuava, ogni tanto, a finire all'ospedale, in parte perché, crescendo, il dosaggio della cura se non veniva adeguato non la proteggeva a dovere.

In altre occasioni perché bastava una forte emozione per farla svenire e avere una crisi.

Aveva imparato a parlare quando era turbata, mi

chiamava se era successo qualcosa e parlando al telefono evidentemente in qualche modo l'emozione (sempre negativa naturalmente, dovuta all'aver assistito a un accoltellamento al campo per esempio) riusciva a non scatenare un attacco.

Una volta però non ci riuscimmo, Sanela mi chiamò singhiozzando e con la voce che le tremava mi raccontò di aver assistito all'incendio che aveva distrutto delle baracche, ne avevano parlato anche i giornali, di aver visto tutto e sentito le urla e sapeva che dentro c'erano dei bambini piccoli che, ovviamente, erano morti.

Poco dopo la telefonata Sanela ebbe una crisi violenta e la telefonata successiva me la fece dal Meyer.

Mi disse che mi doveva dire una cosa ma che prima dovevo giurarle di non dire nulla al mio fidanzato.

Dopo che ebbi giurato solennemente mi disse che le erano venute le mestruazioni e che non sapeva come fare.

Andai di corsa a comprarle una scorta di assorbenti.

Mi accorsi che mi tremava la voce quando li chiesi alla farmacista e lei, forse pensando che fossi timida, mi fece passare nelle stanze dietro e me li incartò lì.

Il fatto è che io e Sanela per certi versi eravamo simili, toste all'apparenza, ma anche fragili e le prime sue mestruazioni, il fatto che ne avesse parlato solo a me, mi fecero questo effetto, mi commossi.

Anche lei aveva le sue di fragilità, per esempio

aveva paura del buio e nella sua baracca dovevano dormire con la luce accesa sennò iniziava a tremare.

E aveva paura di rimanere da sola in una stanza, compreso il bagno.

Perciò quando era da noi dovevo rimanere con lei, sedendomi sul bordo della vasca, mentre lei faceva quello che doveva chiacchierando incessantemente.

Ho fatto un bel po' di puzzo eh? Mi diceva a volte.

Ridendo le rispondevo che ognuno aveva la sua croce, la mia era quella.

Quando c'erano le vacanze da scuola in genere Sanela e sua madre andavano in visita nei campi rom di altre città, specie a Verona, dove avevano un sacco di parenti, ma anche in Umbria, insomma in giro per i campi rom d'Italia.

Quando si arrivava a settembre, tornavano e riprendevamo a vederci e a becchettarci.

Ma sempre belle dirette, senza mezze frasi…

Una volta la discussione iniziò perché lei sosteneva che i negri puzzano e a lei facevano schifo.

Ma roba da matti! Senti da che pulpito, le dicevo io, una zingara sostiene che i negri sono sudici e puzzano. E andavamo avanti per delle mezz'ore.

A volte le dicevo: oh, ringrazia i tuoi amici al campo, qui hanno fatto visita a tutti gli appartamenti, tranne al nostro. Ne sai qualcosa tu? E lei rideva.

Che nostalgia.

Era nata di luglio, così aveva appena compiuto 14 anni quando la mattina del 13 agosto mentre sfogliavo il giornale, ero a casa in ferie, lessi un articolo che parlava di una ragazzina rom che aveva avuto un malore in un supermercato.

L'articolo non spiegava bene la dinamica ma terminava con la notizia che la ragazzina, con nome e cognome, era purtroppo deceduta.

Mai nella mia vita mi era successo e spero non mi capiti mai più, di apprendere la notizia della morte di una persona cara attraverso la lettura di un giornale.

È qualcosa di terribile, che non so se riesco a spiegare.

Sempre, in questi casi, i nomi sono di perfetti sconosciuti, o se sono, che so, di attori, di cantanti, li conosci certo, ma non personalmente, non sono tuoi amici. La morte degli amici la si deve apprendere diversamente, santo cielo.

Perciò leggevo il nome di Sanela e non capivo, la mia mente si rifiutava di capire, mi dicevo toh guarda poverina si chiamava come Sanela.

Anche di cognome? Viveva anche lei al campo rom? Aveva anche lei 14 anni? Anche lei soffriva di epilessia?

Non piangevo neppure, ero impietrita davanti a quel nome scritto lì. Stampato, come se si fosse trattato di una persona qualunque, ma quel nome aveva grandi occhi nocciola, splendidi capelli lunghi fino al sedere e lucidissimi, aveva un volto bellissimo, un corpicino snello, un culetto tondo e sodo che a lei pareva troppo ingombrante ma che io avrei pagato per averne uno così, aveva mani molto femminili, braccia snelle che muoveva con grazia quando si metteva a ballarmi qualcuna delle danze della sua cultura.

A quel nome piaceva molto ballare, era lei che mi aveva insegnato a ballare la lambada, ridendo come matte.

Non sapevo cosa fare, rimanevo seduta con il giornale aperto sul tavolo, e pensavo a come fare a dirlo al mio fidanzato che a quel nome voleva un bene dell'anima.

Dovevo chiamarlo subito al lavoro? Ma non potevo certo dirglielo per telefono e nemmeno potevo dirgli di tornare subito a casa senza dargli valide spiegazioni.

Rimasi seduta, fissando il muro di fronte per circa due ore, credo, finché non sentii aprire la porta di casa e il consueto fischio che avvertiva che era lui.

Glielo dissi nel corridoio, tenendolo abbracciato stretto, ma ricordo come fosse ora, il suo corpo afflosciarsi come fosse fatto di pezza e sorreggersi a me.

Senza mangiare corremmo al campo sperando di trovare qualcuno della sua famiglia.

La sua mamma appena ci vide scoppiò a piangere e a quasi gridare: grazie, grazie, menomale siete venuti io non sapevo come fare a trovarvi.

Solo Sanela sapeva il nostro numero di telefono, l'indirizzo e li sapeva a memoria, non aveva un'agendina né tantomeno un cellulare e la povera donna si angosciava, le era intollerabile che proprio noi non sapessimo.

Li aiutammo nelle faccende burocratiche, io avvertii il preside della scuola che Sanela frequentava, una gran brava persona che conoscevo, e lui oltre a essere molto addolorato riuscì, nonostante fossimo alla vigilia di ferragosto, ad avvertire molti docenti e moltissimi compagni di scuola.

Le circostanze della morte di Sanela sono rimaste un mistero, so che è svenuta dentro il supermercato, subito soccorsa dalle cassiere che peraltro la conoscevano bene perché andava sempre lì a fare la spesa, ma non solo per questo. Ho detto che Sanela era festosa con tutti, le piaceva parlare con tutti e parlava di sé senza nascondere ad esempio la sua malattia. Si era ripresa quasi subito e aveva voluto uscire fuori, nel piazzale, tanto che quando arrivò l'ambulanza so per certo che vi è salita a bordo con le sue gambe.

Mi hanno detto che le è stata fatta una iniezione, che si è sentita nuovamente male ed è morta.

La famiglia si è opposta all'autopsia, i suoi fratelli mi hanno spiegato che nella loro cultura non si può toccare il corpo di una giovane vergine, che lei sarebbe stata vestita con un abito bianco da sposa e quindi si rifiutarono.

Mi dissero anche che alla fine era forse meglio non sapere, che sapere cosa avesse provocato la sua morte non gliela avrebbe restituita e senza un colpevole, ammesso e non concesso che ci fosse un colpevole, nessuno della famiglia aveva da vendicarsi.

La mamma di Sanela scelse per lei una bara bianca con una specie di oblò all'altezza del viso, costava una fortuna ma io credo di capire.

Lei sapeva quanta paura del buio avesse sua figlia, l'oblò era qualcosa che almeno finché non fosse stata sepolta lasciava passare la luce.

Il giorno del funerale lo spazio antistante le Cappelle del Commiato era strapieno di gonne gitane, di colori, di bambini urlanti, di uomini e donne di ogni età, arrivati da mezza Italia. E c'era un sole che spaccava le pietre, come si dice.

E c'erano i compagni di Sanela, c'erano i suoi insegnanti, perfino alcuni delle elementari, c'era il suo preside.

Fu con lui che andai a protestare, anzi ad arrabbiarmi proprio con gli addetti che, senza motivo se non l'arroganza e il fastidio verso tutto quel dolore così rumoroso e colorato, avevano chiuso l'oblò con il coperchio di legno.

Mi vidi venire incontro la madre di Sanela agitata per questo, lei voleva vedere ancora la sua bambina, era andata a chiederlo ma l'avevano mandata via.

Non mandarono via me e il preside, e l'oblò tornò a farci vedere il musetto di Sanela e a lei la luce del sole. A un certo punto i suoi parenti chiesero a tutti di uscire perché volevano salutarla secondo le loro usanze. Gli unici invitati a partecipare fummo io e il mio fidanzato, lui con gli uomini, io con le donne.

Noi fummo le prime a iniziare a fare una sorta di girotondo intorno alla sua bara mentre la più anziana intonava un canto struggente di cui l'unica parola che riuscivo a capire era "Sanela, ahi Sanela" ripetuto tante volte.

Poi gli uomini, che però non girarono intorno ma si disposero ai due lati della bara, sopra la quale c'era il giglio bianco che le avevo portato io, e anche loro recitavano delle litanie, ma non saprei proprio dire cosa esprimessero, a parte il dolore.

E così Sanela partì per il Kossovo, sua terra d'origine, nel suo vestito bianco, nella sua bara bianca, con il suo oblò.

Una volta là, la cerimonia fu celebrata secondo i loro costumi. Sanela venne tolta dalla bara nella casa di un parente, perché tutti potessero salutarla, disposta su un letto ricoperto da tessuti colorati, principalmente di rosso.

Una delle sue cognate riprese tutta la cerimonia con una videocamera e quando andammo di nuovo a trovarli al campo ce ne regalò una cassetta.

A qualcuno potrebbe sembrare una cosa macabra, per me è un amoroso ricordo della mia piccola bellissima bisbetica amica.

Ogni volta che mi capita di rivedere La Bella e la Bestia aspetto con trepidazione una scena, quando lei scende le scale, per chiudere gli occhi e risentire il vocione (nonostante la grazia innata aveva una voce profonda) di Sanela esclamare nel buio e nel silenzio del cinema: Ohhhhhhh, com'è bella! Suscitando risate nel pubblico.

Tre volte m'ha costretta a portarla a vederlo.

ANTONIO

Non essere amati è solo sfortuna;
non sapere amare è una tragedia.
(Albert Camus)

Lavoravo nella segreteria di una scuola media. Avevo un ufficio ricavato dividendo a metà con una parete di cartongesso la biblioteca, che peraltro aveva una media di frequenze pari a zero.

Era una stanza molto luminosa e ci passavo le mie giornate lavorative insieme a un collega calabrese che mi faceva molto ridere.

Tra gli alunni ve n'erano alcuni che vivevano presso un istituto gestito dalla Madonnina del Grappa, orfani o, più spesso, minori allontanati dalle loro famiglie naturali per motivi facilmente intuibili.

Lì i ragazzi avevano belle camere, pulite e luminose, venivano seguiti da educatori, avevano un campo da calcio, godevano di una certa libertà, mangiavano bene, ma quello sempre un istituto per ragazzi problematici e con famiglie ancora più problematiche di loro rimaneva.

Due di loro, Antonio e Giuseppe, venivano spesso buttati fuori dall'aula per via di una certa esuberanza, diciamo. E spesso e volentieri finivano con il venire nel mio ufficio.

Erano di una simpatia tale che era un piacere parlare con loro ed evidentemente la cosa doveva essere reciproca visto che si prendevano anche delle belle strigliate da me, ma tornavano sempre.

Avevano origini e storie diverse. Giuseppe, napoletano 14enne, proveniva da una numerosissima famiglia, aveva da poco perso la madre e il padre contava di trasferirsi a Firenze per cercare lavoro. Aveva tenuto con sé i figli più grandi che potevano dargli una mano a lavorare, aveva affidato i più piccoli ai parenti a Napoli e Giuseppe che non era né carne né pesce lo aveva sistemato all'Istituto.

A 14 anni aveva più esperienza di me e tanta amarezza in corpo, del ragazzino gli era rimasta la paura del buio (come scoprii in seguito) e poco altro, per il resto era un adulto, sfera sessuale compresa.

Le donne sono tutte puttane, era una delle sue frasi ricorrenti, tranne ovviamente sua madre e le sue sorelle, come da manuale. In seguito incluse anche me tra le escluse, bontà sua.

Non parlava molto Giuseppe, ma lanciava degli sguardi che dicevano moltissimo, a volerli leggere. Era uno che si sapeva difendere, che nei suoi soli 14 anni ne aveva viste e passate talmente tante che in confronto ai ragazzini fiorentini era un nonno praticamente.

Antonio era un bellissimo ragazzino biondo, con gli occhi azzurri, arrogante al limite dell'aggressività e fragile come un grissino.

Lui aveva vissuto diversi anni con sua madre e visto ogni tanto il padre che non lo aveva mai riconosciuto legalmente.

Aveva passato diverse ore al giorno seduto sul pianerottolo con delle macchinine come unico divertimento, mentre sua madre intratteneva i suoi affari in casa. Quando il cliente aveva finito e se ne andava, lui poteva rientrare dentro.

Per qualche anno era stato messo in un istituto gestito dalle suore dove veniva picchiato con gli stracci per dare in terra zuppi d'acqua, che così facevano più male, e con altre cristiane cure di questo tipo.

Poi era tornato per un po' dalla madre, ma essendo lui nel frattempo e nonostante tutto cresciuto, la madre non ce la faceva più a controllarlo e così l'assistente sociale lo mise all'Istituto dove viveva quando l'ho conosciuto io.

Antonio e Giuseppe erano preoccupati per il loro andamento scolastico, convinti che nei loro confronti venissero tenuti comportamenti discriminatori, ma soprattutto erano affamati di attenzioni per non dire di amore.

Con l'autorizzazione del direttore dell'istituto dove vivevano cominciammo a vederci fuori da scuola, mi offrii di dare loro una mano, ogni tanto, per studiare, per spiegare quello che in classe non avevano capito.

Ottenni anche il permesso per trattenerli a cena, a volte, con l'impegno di riportarli entro le 21.30.

Fu in quelle occasioni che scoprii, per esempio, la loro paura del buio e il sollievo nelle loro espressioni quando, intuendo questo, invece di lasciarli al cancello, li accompagnavo a piedi fino al portone.

Erano anche educati, soprattutto Giuseppe, che spesso dava gomitate ad Antonio quando riteneva che lui non lo fosse stato abbastanza.

Li ascoltavo ma non davo sempre loro ragione, diciamo che mi comportavo un po' come si dovrebbe fare con i cani, almeno con alcuni, un po' mamma e un po' capobranco. Coccole ma anche regole.

Chiaro che con loro, conoscendoli, la mia epimeletica c'andava a nozze.

Anche quando non erano da me io pensavo spesso a loro, a come aiutarli, a quello di cui potevano avere bisogno, e mi arrabbiavo tanto contro il mondo, l'ingiustizia, la cattiveria della gente. Come quella di un insegnante di tecnica che quando Antonio faceva troppa confusione gli metteva le mani addosso, o meglio, sulla testa facendogliela sbattere sul banco.

Ovviamente forte del fatto che non c'era nessuna famiglia dietro quel ragazzo pronta a prenderne le difese e a chiedergli conto di come lui si comportava. E comunque, la parola di uno stimato docente contro quella di un ragazzino violento, figlio di puttana e di n.n.... non c'era partita. Ribollivo.

Entrando nella fase adolescenziale si aggiunsero problemi a problemi e all'istituto non sapevano più come gestire Antonio, così pensarono di cercare una famiglia a cui affidarlo.

Ma non era facile, per nulla. In questi casi la gente cerca bambini, meglio se belli, magari biondi e con gli occhi splendenti.

Antonio era effettivamente bello, per l'appunto biondo e con due occhi splendidi, ma era uno spilungone di 14 anni.

In più la madre si opponeva strenuamente a questo. Non per chissà quale improvviso amore per quel figlio problematico, ma solo per il terrore che una famiglia potesse finire con il portarle via l'investimento per la sua vecchiaia. Finito il ciclo dell'obbligo Antonio sarebbe dovuto andare a lavorare per mantenerla che lei era stanca di lavorare.

Così, giorno dopo giorno lei, l'epimeletica, cominciò a scavarsi un tunnel dentro di me.

Perché non lo prendevo io in affidamento? Nooooooo, madonna santa ma che scherziamo? Epperò, posto in casa c'è, la mattina a scuola potrebbe venire con me e tornare insieme.

Noooooooooo, ma che stiamo impazzendo?

Epperò con me la sua mamma non farebbe forse tante storie, io ho solo 24 anni lo capirà bene che non cerco un figlio, me lo farei sennò, e poi mi conosce.

No, no, no, non sarei capace di educare un ragazzo

così pieno di problemi e poi la mia vita cambierebbe tanto, sarei limitata in molte cose. E poi figuriamoci se me lo darebbero, non sono sposata, convivo con un fidanzato e un'amica.

Epperò, ma perché no? Chi altro potrebbe farlo? Che fine farà se neanche io gli tendo una mano?

Fu così che andai a parlare con l'assistente sociale, probabilmente per tacitare l'epimeletica e convinta che tanto l'assistente avrebbe bocciato la mia strampalata idea. Invece ne fu entusiasta, fece la sua relazione, venne a visitare l'appartamento dove vivevo.

E andai a parlare con il direttore dell'istituto e anche lui dette parere favorevole.

Ormai mi convincevo sempre di più di voler tentare questa esperienza.

Insieme all'assistente sociale andammo a parlare con la madre di Antonio e la conversazione fu surreale.

Intanto la casa, che più che casa pareva un negozio in conto vendita, strapieno di roba, mobili, suppellettili, non si riusciva quasi a camminare se non allo stile egiziano, di traverso.

In terrazza, ma con continue incursioni dentro casa, c'era "la bambina". Così chiamava lei un'oca gigantesca munita di pannolone perché non andasse scachicchiando dovunque.

Un giorno la bambina s'è suicidata gettandosi dal balcone, ma questo successe anni dopo.

La madre di Antonio venne ad aprirci così acconciata (ma sarebbe meglio dire conciata): capelli mesciati lunghi oltre il sedere, unghie delle mani che avrebbero fatto sfigurare quelle di Crudelia Demon e di un rosso che di più non si poteva.

Addosso aveva solamente un baby-doll di pizzo, rosso anche quello, e trasparente.

Io e l'assistente sociale non sapevamo dove posare gli occhi, tra l'accatastìo di mobili, la bambina e il baby-doll. Soprattutto non ci guardammo mai in viso per non scoppiare a ridere o a urlare, chissà cosa avremmo scelto.

Oltretutto la mamma di Antonio, essendo nata nel 1921 ed essendo quello, se non ricordo male il 1980, aveva i suoi begli annetti e anche molti chili.

Una visione che non saprei come definire... una visione. Ho sempre sostenuto che se Fellini l'avesse conosciuta l'avrebbe presa e messa in uno dei suoi film, lei non avrebbe dovuto fare la puttana e Antonio avrebbe avuto un'altra vita.

Ma con i se si fanno tutti i film che vogliamo, non la realtà.

Nella realtà lei volle offrirci a tutti i costi un caffè, noi ci sedemmo sui braccioli del divano perché erano l'unico posto dove farlo, per davvero.

E mentre lei metteva l'acqua nella moka e poi riempiva il filtro con il caffè ci raccontava del padre di Antonio, di quanto fosse un delinquente, uno sfruttatore, uno che l'aveva abbandonata.

Ma mentre stringeva con forza la moka prima di metterla sul fuoco, ci diceva anche: però aargh, (faceva così mentre stringeva) io lo aargh a… aargh… mo… aargh… lo… aargh… a… aargh… mo.

E metteva tutta la forza che aveva, più che per chiudere la moka, nelle parole, che vennero fuori come un ringhio. E che facevano pensare che i sentimenti che lei provava per quell'uomo fossero di tutt'altro genere, del resto ne aveva ben ragione.

Una vera e propria gag, ma non potevamo ridere!

Comunque alla fine dette il suo consenso e io e l'assistente sociale ci precipitammo fuori dove iniziammo a camminare in assoluto silenzio, poi ci guardammo e cominciammo a ridere come matte.

Parlai con la mia amica, quella casa l'avevamo presa insieme, se lei non fosse stata d'accordo nell'avere un ragazzino tra i piedi avrei dovuto cercare un'altra sistemazione o rinunciare.

Contavo sulla sua sensibilità, bontà e onestà intellettuale. Mi disse che non mi dovevo aspettare nessun aiuto perché lei era in mezzo a bambini tutti i giorni (insegnava alle elementari) e le bastava quello, ma per il resto nessun problema.

Al fidanzato non chiesi il permesso, lo misi al corrente di quello che intendevo fare, per me il suo parere non era vincolante.

Mi spiego, sennò potrei sembrare di nuovo insensibile.

Credo che nei rapporti tra le persone, e a maggior

ragione in un rapporto d'amore, nessuno abbia il diritto di ostacolare le scelte dell'altro, né di provare a cambiarlo, né di dirgli come debba vivere.

L'uomo che volevo al fianco avrebbe dovuto avere il mio coraggio, la mia voglia di provare ad aiutare chi aveva bisogno, chi la vita mi aveva fatto incontrare. Rigorosa? Sì.

Quindi impostai la faccenda così: io farò questo, capisco che potresti non sentirti pronto a una convivenza con un ragazzino del genere. Vorrà dire, nel caso, che tu torni a vivere a casa tua e il nostro rapporto continua lo stesso.

Prima mi dette della pazza, poi me lo ritrovai accanto, pronto a darmi una mano.

Su una cosa ero stata chiara con tutti gli "addetti ai lavori": Antonio non avrebbe dovuto sapere nulla fino a che un giudice non avesse stabilito che la cosa si poteva fare. Non volevo in nessun modo che ricevesse altri ceffoni dalla vita; l'ultima parola, quella decisiva, sarebbe stata la sua ma ero abbastanza sicura, anzi diciamo pure che non avevo dubbi, che avrebbe ballato dalla gioia.

L'incontro con il Giudice fu uno dei più intensi incontri della mia vita.

Sapevo che era una persona molto intelligente e sensibile, uno che aveva davvero a cuore il benessere dei minori, ma andò oltre le mie aspettative.

Parlammo a lungo e di tante cose, della vita, dell'amore, dell'affetto che sentivo per questo ragazzino e mi sentii così libera di esprimermi, così ascoltata che tirai fuori anche le mie incertezze, le mie paure.

Ricordo che lui, senza chiamare la segretaria, prese un foglio di carta bollata, la sua penna stilografica e scrisse di suo pugno tutto quanto, accettando anche la mia richiesta di una prova di sei mesi.

Mi salutò molto calorosamente e mi dette il suo recapito telefonico con l'invito a chiamarlo in qualunque momento ritenessi di averne bisogno.

Che persona, eh?

E così non rimase che dirlo ad Antonio, che chiedere a lui se gli andava di venire a vivere con me.

Rimase muto un secondo, poi disse che non aveva capito, poi iniziò a ridere, a gridare e a scatenarsi in una danza degli indiani, tutto insieme. Mi abbracciava, poi faceva una folle corsa, poi mi riabbracciava e rideva, però con gli occhi lucidi.

Rimase a vivere con me per due anni e mezzo e solo perché a quel punto al padre venne voglia di prenderlo con sé.

Mi posi naturalmente anche il problema di Giuseppe, come spiegargli perché lui sarebbe rimasto all'istituto?

Ma come ho già detto Giuseppe era di una maturità spaventosa per certi versi, soprattutto pensando a quale prezzo l'aveva ottenuta.

Capì perfettamente che la sua era una situazione diversa, tempo poco sarebbe tornato a vivere insieme a suo padre e ai suoi fratelli e nel frattempo ci saremmo visti ogni giorno a scuola e sarebbe venuto spessissimo a casa, come prima.

Capì, ma un gocciolino di dolore nei suoi occhi io lo vidi, me lo aspettavo, ma fu anche sinceramente contento per Antonio.

A me disse: guagliò ti si presa 'na bella gatta da pelare.

Non fu sempre facile, anzi a volte fu proprio dura, altre fortemente divertente, altre immensamente emozionante, commovente..

Per diversi giorni Antonio si alzò all'alba per rifare la sua camera prima di uscire insieme a me per andare a scuola, finché non gli dissi che poteva rifarla con calma quando fossimo stati di ritorno.

La sua straripante gratitudine ma soprattutto l'altrettanta fiducia che riponeva in me fecero sì che anche io cominciassi ad averne.

Ma non la prima giornata che arrivò.

Era domenica e c'era la partita della Fiorentina, ovviamente sua squadra del cuore. Abitavamo a meno di cento metri dallo stadio e quella era l'ultima di campionato. Potevo non mandarcelo?

Stabilita l'ora del rientro a casa, dato bere e mangiare da portarsi dietro, lui, l'essere più felice del mondo in quel momento, parte.

E non torna. Non all'ora stabilita, non mezz'ora dopo, non un'ora dopo.

Io in ciampanelle... già mi vedevo costretta ad

avvertire i carabinieri, l'assistente sociale, il giudice. E che avrebbero pensato di me? Che avevano fatto un enorme sbaglio ad affidarmi Antonio.

Non ero tanto preoccupata per lui, almeno non subito, avevo acceso la tv e non c'erano stati incidenti, era stata una giornata tranquilla.

Ma il ritardo aumentava e iniziai a pensare che poteva essergli successo qualcosa, non era possibile che proprio il primo giorno facesse una bischerata del genere.

Allo scattare delle due ore presi l'elenco telefonico per cominciare a chiamare gli ospedali e in quel mentre suonò il campanello.

Dall'irruenza, dal fragore di quello scampanellio le cose potevano essere solo due: o stava andando a fuoco il palazzo e ci avvertivano di sgomberare oppure era lui.

Non era solo. Si era portato via un piccolo trofeo, un ricordino. Il palo del calcio d'angolo dello stadio comunale di Firenze.

Non so come feci, ma evitai di dirgli dove gli avrei messo quel palo e gli feci una bella strigliata che si concluse con: fai un'altra cazzata del genere e non esci per un mese, ti metto agli arresti domiciliari.

Era mortificato. Tanta era la sua gioia per aver lasciato l'istituto, per essere allo stadio, per sapere che dopo lo aspettava una casa con me dentro, una buona cena e una camera tutta per sé, che non aveva saputo contenere tutta l'energia scaturita da questo popò di roba. Aveva perso la cognizione del tempo e di tutto.

Lo capivo e una parte di me era commossa, ma non potevo mica gasarlo anche io!

Già fu una rinuncia tremenda per lui non poter esibire il trofeo né vantarsene con qualcuno.

Pur di rimediare e vedermi di nuovo sorridere disse: lo butto via subito e lo riacchiappai di corsa a mezze scale, ci mancava solo che ci vedessero buttare il palo dello stadio nel cassonetto.

Quel palo rimase diversi giorni dietro la porta di camera sua e poi una notte, tutto rinvoltato dentro una coperta, gli facemmo il funerale, seppellendolo in un cassonetto all'altro capo della città.

Con Antonio parlavamo di tutto, volevo si sentisse libero di esprimersi, di tirare fuori tutto quello che gli si agitava dentro e che, vista la sua storia, doveva essere parecchio.

A tirare fuori il dolore ci mise un bel po' di tempo, ma mi sentii orgogliosa del lavoro fatto la prima volta che lo vidi piangere, non per rabbia contro un professore che lo aveva ingiustamente accusato di qualcosa, né per un compagno con cui aveva fatto a botte o per chissà quali e quanti altri motivi si possa piangere.

Piangeva per il dolore, per il rifiuto, per la sua vita, ma questo è stato possibile solo quando ha trovato un porto in cui sentirsi abbastanza sicuro da poter affrontare la sua realtà. Da poter ammettere a se stesso che sua madre era pazza e faceva la puttana e che suo padre era un grandissimo pezzo di merda.

La faccenda fu invece più veloce con i dubbi.

Avevamo, come vicini di pianerottolo, una signora di nobili origini con un figlio adultissimo, zitello e completamente succube. Forse lei aveva fatto un pensierino su di me per sistemare il figlio o forse le era scattata l'epimeletica nei miei confronti… fatto sta che ogni tanto suonava il campanello e si presentava con il figlio e un vassoio di pasticcini per fare due chiacchiere.

Vedevo benissimo i suoi sguardi di raccapriccio nel notare l'acquaio ancora pieno di piatti sporchi magari alle quattro del pomeriggio o i poster a tema politico appesi un po' per tutta la casa, ma evidentemente l'angoscia di avere un figlio zitello era maggiore del raccapriccio perché continuava a venire.

Una di queste volte, mentre aspettavamo che bollisse l'acqua per il tè, Antonio apparve in cucina (non avevamo un salotto, o meglio la casa ne prevedeva uno che però era diventato la mia camera e anche questo certamente la vicina doveva trovarlo riprovevole) dondolando un tampax e chiedendomi: Lisa, ma icché l'è questo?

Gelo. Nonostante il tampax fosse ovviamente non usato. Sono convinta che anche l'acqua sul gas si sia raffreddata.

Te lo spiego dopo, adesso riportalo in bagno, e lavati le mani se vuoi venire a fare merenda.

Fece come gli avevo chiesto, saltellando e

continuando a dondolare il tampax per tutto il corridoio.

La conversazione stentò a ripartire, io ero troppo occupata a cercare di non schiantare a ridere, non riuscivo a scacciare l'immagine dell'espressione che aveva fatto la vicina, mi mordevo l'interno delle guance e la lingua e si capisce che parlare diventa difficile mentre si fa così.

Per fortuna lo zitello iniziò a raccontare del suo lavoro e l'incidente fu chiuso.

E quando se ne andarono finalmente potei ridere come una matta, insieme ad Antonio dopo che gli ebbi spiegato cosa fosse quel cilindretto bianco che ci aveva dondolato sotto al muso.

Antonio era pieno di contraddizioni. Ad esempio non riusciva a evitare di picchiare un suo compagno di classe solo perché si chiamava Giacomo Puccini, una cosa stupida secondo lui. Anche secondo me, ma feci un po' di fatica a spiegargli che 1. non si picchia nessuno tranne che per legittima difesa e 2. non era colpa di quel poveretto se aveva genitori così dementi. Voleva andare a picchiare loro? Lo avrei accompagnato. Non me lo chiese mai.

Poi invece, se vedeva una vecchietta o un cieco si offriva, con una delicatezza commovente, di aiutarli ad attraversare la strada.

A scuola le cose almeno dal punto di vista del suo rendimento non migliorarono molto, ma c'era da aspettarselo, aveva prima da recuperare sul piano della serenità, del comportamento e di tanto altro, specie in autostima.

Un pomeriggio che aveva da studiare storia gli lessi il capitolo, poi lo feci leggere a lui, poi glielo spiegai e infine gli chiesi di ripeterlo.

Scena muta. Occhi lucidi, lamenti: vedi, sono stupido hanno ragione i prof, io non sono adatto a studiare, non mi entra nulla in testa.

Sì certo, come no.

Chiudemmo il libro di storia e si mise a fare gli esercizi di matematica, un filino meno problematici.

Più tardi, mentre scherzavamo e facevamo la lotta, lasciai andare la prima domanda di storia alla quale, sempre ridendo e senza smettere di fare la lotta, rispose correttamente.

Dopo un po' altra domanda… uguale. E così via.

Alla fine gli dissi: non so se ti sei reso conto ma hai ripetuto tutta la lezione di storia perciò sei pronto a farti interrogare.

Mi guardò a bocca aperta, come una trota presa all'amo, ma continuò a dire che non la sapeva.

Però la mattina dopo a un certo punto la porta dell'ufficio si spalancò di botto e lui entrò correndo e gridando: la sapevo, la sapevooooooo, sei e mezzo, m'ha dato sei e mezzoooooooooooo e saltandomi al collo.

Si prese una nota sul registro perché era uscito di corsa dall'aula senza chiedere permesso e aveva ululato per i corridoi della scuola. Ma il sei e mezzo a storia rimase.

Quello che invece cambiò e non poco fu il modo di trattarlo dei suoi insegnanti.

Improvvisamente diventarono gentili, più comprensivi, mai più nessuno si azzardò a mettergli le mani addosso.

Addirittura ci fu chi lo invitò a passare le vacanze di natale in montagna! Evidentemente c'erano un po' di code di paglia in giro... Evidentemente la vicepreside (perché l'invito venne da lei che era stata sempre senza cuore) si sentì, come dire, surclassata da una semplice impiegata che aveva fatto un gesto del genere e lei ovviamente, secondo il suo assurdo e patetico modo di ragionare, non voleva sfigurare. E pensò di fare la carità.

Naturalmente Antonio non andò in montagna con lei, lui non ci sarebbe mai andato e io mai ce lo avrei mandato, venne invece in Austria con me e il mio fidanzato. E fu un viaggio indimenticabile, in senso positivo intendo.

Una cosa che lo mandava di fuori era il fatto che scoprivo subito le sue balle. I soli dieci anni di differenza tra me e lui facevano sì che quelle balle avessi smesso da poco di raccontarle io ai miei genitori, perciò le avevo ancora fresche nella mente e mi riusciva facile smascherarle.

Come la scusa dell'orologio guasto per giustificare un ritardo, o il bottegaio disonesto che gli aveva dato meno resto del dovuto.

Piano piano Antonio riuscì a crearsi dei rapporti di amicizia, non mediati da me, con alcuni dei miei amici, li andava a trovare per conto suo, veniva invitato a pranzo e si vedeva che la cosa oltre a piacergli lo inorgogliva.

La mia amica Gisella è stata una di quelle che più Antonio amava e che più mi ha aiutata.

Per esempio per consentire a me e al mio fidanzato di andarcene tre giorni a Parigi, non solo ha pensato lei ad Antonio, ma si è trasferita lei a casa nostra perché Antonio si sentisse maggiormente a suo agio, in mezzo a quelle che erano diventate le sue nuove sicurezze.

Più complicati erano i rapporti con i suoi coetanei. Scoprii che dietro certe aggressività, certe apparenti maleducazioni si nascondeva la convinzione di non essere simpatico, né degno di amicizia e tantomeno di affetto.

Se ad esempio per strada vedevamo un suo amico che si capiva benissimo che non lo aveva visto, lui non lo salutava e alla mia domanda: ma scusa o che cafone sei, perché non l'hai salutato? Avete per caso litigato? Lui rispondeva che no, ma secondo lui l'altro aveva fatto finta di non vederlo per non doverlo salutare.

Le sue amicizie duravano pochissimo, era talmente suscettibile che bastava un episodio del genere o una risposta data con tono brusco per fargli decidere che lui a quello non stava simpatico, che quello ce l'aveva con lui e interrompeva ogni rapporto.

Beh, l'averci lavorato tanto su questo aspetto ha dato i suoi frutti perché adesso lui, che è un bellissimo uomo di 49 anni frequenta ancora amici di quando andava a scuola.

E poi ci fu il capitolo fidanzatine.

Che ridere. Ma anche che preoccupazione. Avevo spiegato tutto per benino e senza passare dalle api e dai fiori ma andando dritta al centro del problema, però sicuri sicuri come si fa a esserlo?

Una volta ne invitò una a pranzo. Bella era bella, con tanti riccioloni biondi e grandi occhi scuri, però parlava come uno scaricatore di porto, una parola e cinque parolacce.

Antonio la correggeva, parla per bene le diceva ogni tre per quattro, spesso faceva la traduzione simultanea perché anche la sintassi della ragazzina lasciava a desiderare.

Le parolacce in casa erano ammesse solo se motivate. Tipo: ti schiacci un dito in un cassetto puoi dirla, bruci la frittata puoi dirla, ma mai come intercalare in un discorso.

E naturalmente mai l'uno verso l'altro, io non l'ho mai mandato affanculo come mai ho consentito a lui di farlo con me, almeno non ad alta voce…

E mai e poi mai le mani addosso, avevo preso troppi ceffoni per non sapere quanto facciano male.

Ma le punizioni invece sì, e mai a vuoto altrimenti si perde di credibilità. Meglio una punizione piccola che però si è certi di poter mantenere che una eclatante che dopo due giorni viene mollata. Io la penso così.

E le punizioni sono moooolto più impegnative del ceffone, perché in pratica oltre a lui punisci anche te che devi rimanere a controllare, altrimenti è una presa in giro terrificante.

Ma torniamo alla fidanzatina.

A tavola noi parlavamo sempre molto. Io venivo da una famiglia dove i pasti venivano consumati in un rigoroso silenzio che ha avuto su di me il risultato di farmi ingozzare anziché mangiare lentamente, in modo da potermi alzare e andarmene da quel supplizio il prima possibile, perciò anche in quella occasione si parlava.

La fidanzatina non era però molto interessata, non faceva che dire ad Antonio: dai sbrigati o quanto ci metti, e anche se glielo bisbigliava io la sentivo.

Ogni tanto lasciava andare qualche doppio senso, evidentemente pensando fossi la solita adulta rinco che non avrebbe mai potuto capire a cosa lei alludesse.

Invece capivo benissimo, e mi preoccupavo, sapevo che Antonio era ancora tontolone su certe cose, ma lei mi pareva di molto sveglia.

Finito di pranzare e dopo avermi aiutata a sparecchiare, come sempre, e letteralmente trascinato per mano da lei, i due si chiusero in camera di Antonio. Dopo pochi istanti partì la musica a tutto volume, ma non prima che potessi sentire chiaramente la chiave girare nella serratura.

Andai a bussare alla porta chiedendo ad Antonio di uscire un momento, cosa che lui fece prontamente.

Non ho mai approfondito se lo fece perché terrorizzato da quello che poteva fargli la fidanzatina se rimaneva lì dentro o da quello che avrei potuto fargli io se non usciva.

Lo portai in camera mia e gli dissi che, come sempre quando aveva amici, poteva chiudere la porta della sua camera ma non a chiave e che quindi o faceva così o la porta sarebbe rimasta aperta. Mai ero entrata nella sua stanza senza prima bussare e avere il suo permesso, perciò non c'era nessun bisogno di chiudersi a chiave.

Il mio intento mi pare evidente, così facendo avevano la loro intimità ma senza osare troppo, perché comunque avrei potuto bussare o comunque, se mi girava, entrare.

Inoltre il volume dello stereo andava immediatamente riportato a un livello normale, perché non vivevamo su un monte isolati ma in mezzo ad altre persone che sicuramente non avrebbero gradito di essere così ammorbate.

Non ero scema e sapevo bene perché l'avevano alzato (o meglio l'aveva alzato la fidanzatina come mi disse Antonio e non ebbi difficoltà a credergli), ma a volte posso passare da scema se penso serva a raggiungere uno scopo.

Dopo questo chiarimento, Antonio tornò in camera

sua, la porta venne chiusa ma non a chiave e la musica tornò a un volume più che accettabile.

Mi sentii molto soddisfatta e tornai in cucina a mettere a posto.

Però tranquilla tranquilla non ero, altrimenti non mi sarebbe venuto in mente di pulire a fondo la casa nel pomeriggio, che è una cosa che odio fare, pulire a fondo la casa in primis e di pomeriggio poi non lo sopporto.

Spazzai tutto il corridoio, spolverai tutto lo spolverabile che non era molto e poi iniziai a passare il cencio per terra, passando e ripassando davanti a quella porta chiusa. Sentivo parlare ma non capivo nulla.

A un certo punto, mentre ero china sullo spazzolone dandomi un gran daffare, la porta si spalancò e ne uscì la fidanzatina che, passandomi accanto per dirigersi verso il bagno, mi batté una mano sulla schiena dicendo: si lavora, eh?

E sculettando proseguì la sua camminata. In bikini. Era in bikini!

Boccheggiai, lo so che boccheggiai. Piantai lo spazzolone nel mezzo del corridoio e mi infilai in cucina, con una ridda di sensazioni, incredulità, incazzatura, preoccupazione, oddiosantissimi a pioggia, ommadonnesante uguale e con ciò che ebbe la meglio su tutte: una risata pazzesca che non so come feci a non far sentire a tutto il palazzo.

Comunque quella fidanzatina non tornò mai più,

evidentemente aveva shockato anche Antonio il cui unico commento a fine giornata fu: ma quella l'è tutta sonàta.

Si innamorò diverse volte, di timidine come lui in fatto di sentimenti e quando d'estate o per altri motivi non si potevano vedere lui si agitava nervoso, così gli suggerii di scrivere delle lettere.

Mi guardò come se improvvisamente mi fossi trasformata in un extraterrestre. Lettere? E che roba sono?

Comunque la cosa lo incuriosì perché decise di provarci ma a una condizione: avrebbe prima fatto la brutta copia, poi io avrei dovuto leggerle e correggerle e alla fine le avrebbe ricopiate e spedite.

E così facemmo, almeno le prime volte. Poi sperimentò la gioia che si prova quando tornando a casa si vede una busta chiusa con il nostro nome scritto sopra e decise che poteva farcela da solo.

Nell'aiutarlo a crescere pensai soprattutto a ciò che più gli sarebbe servito nella vita, vista la sua condizione, e perciò mi detti da fare sia su un piano psicologico sia su uno molto più pratico, come insegnargli a pulire, lavare, fare da mangiare, a renderlo insomma autonomo.

Per lo studio mi detti da fare lo stesso ma senza sperarci troppo, in fondo su quello avrebbe potuto lavorare da solo anche in seguito e prendersi un titolo magari alle serali.

Ma se prima non lo aiutavo a rimettersi in sesto

come persona non sarebbe andato molto lontano.

E lontano lui ha saputo andarci, si è sposato, ha avuto una bellissima figlia, si è separato in maniera civilissima, adesso vive con un'altra compagna che ha un figlio. Vive circondato da animali che ama e rispetta moltissimo, pratica quella disciplina meravigliosa che è il tiro con l'arco e ha messo in piedi una sua attività.

E io sono commossa e orgogliosa di avergli potuto dare una mano.

In questo caso la mia epimeletica è stata proprio splendida.

OH, LADY, LADY, LADY OSCAR

Mi sono presa più malattie
dalle persone che mi hanno
starnutito addosso trasmettendomi
virus che non dal baciare i cani
(Barbara Woodhouse)

In realtà si chiama solo Lady, pastore tedesco femmina che quando l'ho conosciuta aveva quasi 6 mesi e la sfortuna di essere capitata con un umano completamente idiota.

L'avevo vista alcune delle volte in cui, nei mesi precedenti il mio trasloco nella nuova casa, ero andata lì per pulire, prendere le misure per vedere come arredarla, per aspettare gli operai che dovevano fare alcuni lavoretti.

Ci andavo sempre con la mia, di pastore tedesco, e le due da subito si piacquero. Spesso ci andavo di sabato o di domenica, trovandola libera e conoscendo così anche i suoi proprietari, che oltre a Lady avevano due gemelline di circa dieci anni.

Ero contenta, la mia Stella avrebbe avuto la compagnia di una sua simile, compagnia di cui aveva un gran bisogno e che pareva gradire.

Lady era semplicemente splendida. E dolce e giocherellona e molto affettuosa.

Quando ci trasferimmo, il primo giorno ero talmente presa dalla sistemazione della casa, dallo stare dietro alla mia pastoressa e ai suoi bisogni che non feci subito caso al fatto che non avevo visto Lady.

La mattina seguente, iniziando la conoscenza del posto insieme a Stella e passando attraverso il terreno di un altro vicino, la vidi. Era in mezzo a un campo di olivi, con una catena attaccata al collo e lunga a occhio non più di un paio di metri. Lì accanto c'era una specie di gabbiotto di legno, fatto molto artigianalmente e piuttosto angusto, accanto al quale era sistemato un grande secchio di plastica con dell'acqua.

Era vicina, ma non accanto, al grande recinto dove il suo proprietario teneva conigli, galline, tacchini e colombi.

Lady appena vide me e Stella iniziò ad abbaiare, in silenzio noi proseguimmo la nostra passeggiata.

Pensai l'avessero legata perché non c'era nessuno, gli adulti al lavoro e le bimbe a scuola, per evitare che lei andasse in giro chissà dove visto che non c'erano recinti né recinzioni di alcun tipo.

Non vidi se quando i suoi umani tornarono a casa la liberarono, era inverno e prima delle cinque era già buio. Veramente non ci pensai proprio, per me era ovvio che l'avrebbero sciolta una volta tornati.

Quella notte la sentii abbaiare, non so se lo avesse fatto anche la notte precedente, io ero così stanca che dormii profondamente. La sentii però le altre notti, pensai abbaiasse ai cinghiali, lì ce n'erano diversi, o alle volpi o ad altre bestie.

Nei giorni seguenti seppi, chiedendo in giro, che Lady era stata tenuta in casa fino ai 6 mesi, aveva dormito sul letto con le bambine, era stata al caldo e in compagnia. Durante il giorno stava nella grande terrazza che poteva essere chiusa con un cancelletto di legno impedendole così l'unica via di fuga e cioè le scale.

Poi all'improvviso il suo proprietario aveva deciso che era grande e doveva fare quello per cui l'aveva presa: la guardia alle altre bestie, alla casa, alle bambine quando tornavano a casa alle quattro portate dal pulmino della scuola.

Questa guardia la doveva fare stando alla catena, nel campo, avendo come unico riparo quella stamberghetta e in solitudine.

E Lady passava il tempo abbaiando e piangendo come una disperata, specie di notte. Se faceva troppo casino il suo proprietario, con cui gli altri vicini avevano avuto spesso accese discussioni, scendeva giù e le dava qualche assaggio di bastone.

Questo non succedeva tutte le notti ma ogni tanto, mentre succedeva ogni giorno, per 24 ore filate, che

Lady fosse alla catena, tranne, raramente, qualche domenica, per qualche ora, in cui però doveva rimanere accanto al suo proprietario mentre questi lavorava nell'orto o ripuliva il recinto delle bestie.

Io ero in grande angoscia, non sapevo come intervenire.

Se avessi seguito il mio istinto l'avrei denunciato.

Mi informai e mi dissero che non era facile, occorrevano prove dei maltrattamenti. Iniziai a fare fotografie, di giorno quando non c'era nessuno, sulle condizioni in cui veniva tenuta.

Trovai anche chi mi avrebbe aiutata a portarla via… ma a che sarebbe servito? Avrebbero di sicuro preso un altro cane, così come ne avevano un altro prima di lei.

Parlai con gli altri vicini i quali, a parole, si mostravano contriti per la sorte della cagnetta ma all'atto pratico nessuno intendeva muovere un dito.

Avevano più volte parlato con lui, a volte mantenendo la calma, altre alterandosi ma non tanto pensando alla bestiola quanto al disturbo che arrecava loro il suo abbaiare. Con il risultato, come detto, che così Lady si prese anche qualche bastonata.

Io provai a parlarci diverse volte, cercai anche di spaventarlo dicendogli che così rischiava di farla diventare aggressiva e dato che aveva due bimbe, forse era meglio se trovava altre soluzioni.

Non era per nulla facile avere a che fare con quella famiglia, erano refrattari a ogni regola del buon vivere civile, del rispetto per gli altri. Facevano spesso feste con urla e musica a volume assordante fino alle due o le tre di notte, con uno sbattere fragoroso di sportelli delle auto e grida di saluti quando i loro ospiti, belli ubriachi come loro, se ne andavano.

Quando parlavi con lui ti diceva sempre di sì, e poi faceva immancabilmente come voleva.

Oppure faceva finta di non avere capito, con la scusa di essere straniero. In effetti era romeno e la sua compagna russa, ma vivevano in Italia da dieci anni e capivano perfettamente la nostra lingua anche se non la parlavano benissimo.

I vicini avevano paura, così mi dissero, per motivare la loro reticenza a fare qualcosa, perché a volte aveva pronunciato frasi sibilline, che potevano essere lette come delle minacce.

Può darsi, ma le motivazioni erano anche altre. Lì ognuno intendeva fare i propri comodi e non puoi farli se proibisci qualcosa agli altri.

Di problemi di convivenza ce n'erano davvero molti, creati soprattutto dai proprietari di Lady, ma anche gli altri in quanto a mancanza di rispetto e maleducazione facevano del loro meglio.

Però tutti si lamentavano. Io ero quella che subiva più di tutti i disagi. Il mio appartamento era grande, circa 100 metri in un unico piano, a terreno, ma sopra di me avevo ben due famiglie i cui appartamenti erano grandi come il mio ma si estendevano in altezza, erano di due piani più la mansarda.

In uno ci vivevano i proprietari di Lady, nell'altro una famiglia italiana altrettanto maleducata.

Inoltre, nonostante fossi riuscita a ottenere dal proprietario di casa (che era lo stesso per tutti noi) la creazione di un piccolo parcheggio, loro continuavano a mettere le auto esattamente davanti ai gradini dei loro ingressi, cioè sotto le finestre di camera mia.

Avevano il culo che gli pesava... dovevano fare solo 10 metri a piedi, gli stessi che dovevo fare io del resto, ma se ne fregavano.

Così i miei ritmi del sonno erano scanditi dal loro menefreghismo, il primo mi svegliava con lo sbattere delle portiere e il rombo del motore alle 6 di mattina, a volte anche prima e poi, via via, gli altri.

Se uscivano la sera e tornavano tardi, venivo regolarmente svegliata.

Dopo due anni, se volevo dormire, mi dovetti trasferire sul divano, dall'altro lato della casa.

Quando proposi di sederci attorno a un tavolo, magari con un gelato, e di parlare di come volevamo vivere, di quali fossero le esigenze di ciascuno in modo da stabilire delle regole di buon vicinato e trovare dei punti di contatto che potessero andare bene a tutti, mi fu risposto: eh, no, perché se si mettono delle regole, poi le dobbiamo rispettare.

Ma va'..., davvero?

Nel frattempo continuavo a pensare a come far sì che la vita di Lady potesse migliorare.

Non aveva senso prendere di petto il suo

proprietario, rischiavo solo che mi proibisse di avvicinarmi al cane.

Invece io ogni giorno cominciai a portare Stella e anche un altro canino, di cui racconterò in seguito, a farle visita. Le prime volte Lady appena ci sentiva arrivare andava a rintanarsi nel suo gabbiotto impaurita. Poi invece iniziò ad aspettarci e a mostrarsi visibilmente contenta di queste visite.

Mentre ci avvicinavamo le canticchiavo: oh Lady, Lady, Lady Oscar… e lei agitava la coda e saltellava, per quanto glielo consentisse quella maledetta catena.

Ogni volta che c'era l'opportunità parlavo con il mio vicino dei cani, avevo notato che l'argomento lo appassionava, anche se le cose che diceva erano totalmente senza senso, frutto solo di superstizioni, leggende metropolitane, di ignoranza pura e semplice.

Speravo che vedere come trattavo Stella gli potesse aprire un po' la mente, macché.

Tra l'altro a un certo punto i rapporti divennero molto tesi perché una notte in cui avevano particolarmente esagerato, chiesi pacatamente se per favore potevano abbassare la musica e il tono della voce, erano le due di notte.

Sono stata letteralmente presa a male parole e accusata di razzismo.

Questo è un classico, ma non glielo consentii, su questo piano ero a prova di bomba, e lì il razzismo non c'entrava nulla, lui era solo un cafone stramaleducato e basta.

In quel periodo cominciai a fare volontariato in un canile, all'inizio pulivo i recinti, aiutavo a preparare i pasti, poi aiutavo nella toelettatura dei cani. E mi occupavo anche dei controlli post-affido.

E cominciai a parlare di questa mia attività con i miei vicini, specie con il proprietario di Lady, e parlando lasciavo cadere qua e là che ero una rappresentante dell'Ente Nazionale Protezione Animali (in realtà ero solo socia, avevo la tessera senza la quale non puoi fare volontariato in un canile) e soprattutto parlavo del compito dei controlli presso le famiglie che avevano adottato cani.

Mi inventavo di sana pianta casi inesistenti di denunce che avevo fatto, di cani che avevo fatto sottrarre perché tenuti male, ma naturalmente non nominavo mai né lui né il suo modo di trattare Lady.

Parlavo a suocera perché nuora intenda (o si dice al contrario, boh...). Se il linguaggio che lui capiva era quello delle minacce velate, mi sarei adeguata.

Fece grandi sproloqui che in Italia si dava troppa importanza agli animali, che nessuno dovrebbe mettere bocca su come uno tiene il cane che è solo una cosa sua. Una cosa.

Comunque Lady fu tolta dalla catena, almeno quello.

E iniziò a darle regolarmente gli antiparassitari, lo segnavo sul mio calendario quando era il momento e glielo ricordavo.

In seguito avrebbe acconsentito anche a usare una

specifica protezione contro la Leishmania.

Adesso Lady non abbaiava più come una matta, e a dormire andava in un fondo che si trovava sotto la grande terrazza dove veniva messa durante il giorno quando era piccola.

Era un obbrobrio quel fondo, c'era di tutto, ci pioveva dentro, oltre a esserci topi, attrezzi arrugginiti con i quali avrebbe potuto farsi male, sacchi della spazzatura che lui buttava nei cassonetti quando se ne ricordava, era una discarica, ma almeno lei era libera.

E durante il giorno, quando era caldo, poteva sdraiarsi sotto un albero all'ombra.

Fu allora che iniziò, ogni volta che andavo a passeggio con Stella e con l'altro canino, a unirsi a noi.

E ogni sera, verso le 11 quando uscivo con il mio cane a fare l'ultimo giretto al lume della pila o della luna, perché svuotasse la vescica, Lady era lì, davanti al nostro cancello ad aspettarci per venire con noi.

Poco tempo dopo una notte fui svegliata da grida di aiuto, era il mio vicino che piangeva e gridava e batteva alla finestra. Aprii di corsa per chiedere cosa fosse successo e in un attimo chiamai il 118.

Una delle gemelline era improvvisamente caduta per terra iniziando a tremare, facendo gesti scomposti, con il viso distorto e spasmi muscolari. Una crisi epilettica, questo pareva.

Lui era sconvolto, non sapeva che fare, non sapeva come si faceva a chiamare l'ambulanza, ed era impaurito. Pensava che qualcuno avesse fatto una maledizione e che ora la bimba fosse posseduta da qualche forza malefica. Era superstizioso, credeva alla magia nera, insomma in quanto a stronzate non si era mai fatto mancare nulla.

Mi occupai io di dare indicazioni al 118 sullo stato della bambina, sulla strada da fare per raggiungerci e mi occupai di Lady che in tutto quel trambusto si era agitata moltissimo. E anche di loro, cercando di tranquillizzarli.

Quando arrivò l'ambulanza e partirono tutti, lui prese la sua auto con l'altra bimba ma prima di partire mi abbracciò ringraziandomi tanto.

Il giorno dopo non arrivava nessuno a darci notizie, così dato che dovevo scendere in paese allungai un po' la strada e arrivai all'ospedale.

Furono stupiti di vedermi ma anche contenti e mi raccontarono. La bambina sarebbe stata trasferita al Meyer a Firenze dove erano specializzati per curare i bambini, comunque si trattava quasi sicuramente di epilessia. Li avevano tranquillizzati, sapevano che avrebbe dovuto prendere per tutta la vita delle medicine, che avrebbe dovuto periodicamente fare dei controlli ma avevano assicurato loro che avrebbe potuto fare una vita normale.

L'unica cosa che i medici le vietarono di fare furono i corsi di nuoto, se si fosse sentita male in piscina avrebbe potuto rischiare la vita prima che qualcuno si accorgesse.

In quei giorni mi occupai io di Lady, del resto era un piacere, era una canina sveglia e ubbidiente, molto ricettiva. Nessuno le aveva mai insegnato niente ma imparò subito a tornare quando sentiva il suono che facevo a Stella per indicarle di venire. Imparò subito a mettersi seduta, semplicemente imitando i comportamenti di Stella, io non mi ero mai rivolta a lei direttamente.

Ho letto spesso che i cani non sono animali mimetici, cioè non imparano per imitazione, eppure lei così faceva.

Lady era magra, in certi periodi lo diventava al punto che le si vedevano le costole.

Il suo proprietario sosteneva che era lei che non voleva mangiare, ma io sapevo che non era così.

Lui le portava gli avanzi della mensa di dove lavorava, a volte vecchi di qualche giorno e con la muffa sopra, l'ho visto con i miei occhi e lei quelli non li toccava.

Lui insisteva che aveva provato di tutto, anche con cibo per cani della migliore qualità ma lei lo rifiutava.

Io ho provato con gli omogeneizzati e li divorava, per non parlare dei biscotti, ma mangiava con appetito anche normalissimo cibo per cani.

Quando l'esperienza ospedaliera terminò, riprese lui a occuparsi del suo cane, mentre io mi scervellavo come fargli capire un mucchio di cose.

Passò l'estate e ricominciò la scuola, quell'anno le bambine iniziavano la prima media e il pulmino non le avrebbe più portate fino all'uscio di casa, avrebbero dovuto fare a piedi il chilometro che separava la collina dove c'erano le nostre case dalla piazza del paese.

La loro madre un giorno mi chiese se, quando avesse fatto freddo o fosse piovuto, potevo andare a prenderle giù in piazza per evitare che dovessero affrontare tutta quella strada, peraltro in salita, con il peso degli zaini. Era molto preoccupata per la salute della figlia, aveva paura che uno sforzo eccessivo o un colpo di freddo potessero scatenare una nuova crisi.

Dissi di sì, e finii con l'andarci praticamente ogni giorno. La mia epimeletica era da mo' che era scattata.

Erano due cucciole anche loro, come Lady, a cui era toccata in sorte una famiglia inadeguata, che non aveva mai soldi per mandarle alle gite scolastiche ma ne aveva per comprare le ultime novità tecnologiche o i vestiti alla moda.

Il loro padre biologico non si sa che fine avesse fatto e quello a cui andava comunque il merito di averle cresciute, le trattava piuttosto rudemente, le sentiva un peso. Per "colpa" loro, del loro esistere lui non poteva permettersi di avere un figlio suo.

Tanto che hanno rischiato di finire in Messico.

La loro madre aveva una sorella con un compagno italiano, proprietario di un ristorante, il quale a un certo punto decise di andare in Messico ad aprirne uno anche lì, sicuro di fare un mucchio di soldi.

L'idea balenga per non dire di peggio, che venne in mente a questi stolti, fu di mandare anche le bambine, tanto sarebbero state con la zia.

Io penso che sarebbero finite a lavorare nel ristorante.

Loro all'inizio non la presero molto bene, ma alla fine non è così difficile comprare l'assenso dei bambini.

Avevano dipinto loro la nuova vita come una fiaba, avrebbero vissuto in una casa bellissima dove ognuna avrebbe avuto la propria camera e in ogni camera ci sarebbe stato un televisore e un computer.

Avrebbero avuto vestiti splendidi perché la vita là costava molto meno.

E poi in Messico fanno festa agli stranieri, mica come in Italia. Lì quando arriva uno straniero gli vanno tutti incontro, sono tutti gentili, lo invitano da tutte le parti.

Sì certo, come no.

Io le ascoltavo raccontarmi tutte queste cose e mi s'impastava la lingua e mi sentivo ribollire di rabbia.

La mamma sarebbe andata a trovarle d'estate e poi, appena il ristorante avesse cominciato a funzionare alla grande, anche il resto della famiglia sarebbe andato in Messico.

Sì certo, come no.

Poi tutte felici un giorno mi dissero: lo sai che la mamma avrà un altro figlio? Avremo un fratellino ci pensi?

Io ci pensavo eccome e mi veniva voglia di mettermi a strillare.

Però mica potevo dire loro brutalmente che le stavano imbrogliando! Che l'altra metà della loro famiglia non aveva nessuna intenzione di raggiungerle!

Mi scappò un: oddio, è già incinta?

No no, ridacchiarono loro, però lo faranno.

Poi chiesi se qui in Italia qualcuno fosse stato cattivo con loro, se pensavano di essere state trattate male perché straniere (che poi parlavano un italiano perfetto e senza alcun accento straniero che magari tanti italiani ...) e loro ci pensarono su e poi mi risposero che no, non era mai successo. Qualche litigio tra compagni ma è normale mi dissero.

Chiesi se la mamma avesse già preparato tutti i documenti, volevo capire se la cosa fosse imminente.

Documenti? Che documenti?

Beh, non è che uno può prendere due bambine e dall'Italia dove vivono, dove vanno a scuola, portarle in Messico come niente fosse! La legge non lo consente, occorrono sicuramente dei permessi.

Caddero tutti dalle nuvole, tanto per dire quanto fossero suonati.

E la cosa finalmente apparve pazzesca, anche se per motivi diversi rispetto a quelli per cui appariva tale a me.

In pratica il Messico sarebbe diventato possibile solo se la zia le avesse in qualche modo "adottate", se la madre avesse rinunciato a loro, così mi fu detto alla fine.

E fu la zia a non sentirsela più a questo punto.

Poi arrivò la crisi epilettica che tagliò la testa al toro. E amen al Messico.

Nel frattempo Lady, com'è naturale, andò in calore e nonostante avvertissi il suo proprietario invitandolo a farla sterilizzare lui rispondeva come sempre: sì sì, ora la porto, tanto qui che pericolo c'è?

C'è solo quel cane là ma è vecchio e sempre legato, non può fare nulla.

Gli dissi che si sbagliava e di grosso e comunque c'era anche un bracco che abitava poco più su e che veniva spesso lì e a fare passeggiate con noi.

Il cane vecchio, che era sempre stato un dongiovanni come mi diceva orgoglioso il suo proprietario, si dava da fare e parecchio con Lady.

Ma era soprattutto Lady che gradiva e lo dimostrava andando a trovarlo continuamente e andando perfino a dormire nella cuccia insieme a lui.

Li ho trovati io, più di una volta...

Avvertii entrambi i proprietari ma ribadirono che tanto non ce la poteva fare vecchio com'era.

Certo, infatti Lady andava lì per giocare a briscola (l'altro gioco a carte era una battuta troppo scontata...).

Con il bracco gli incontri erano invece delle zuffe vere e proprie.

E Lady rimase ovviamente incinta. Ed era

magrissima.

In quel periodo davo una mano in uno studio veterinario, all'inizio con le pulizie, poi con un po' di tutto, dal sistemare le scartoffie, ad accudire le bestiole degenti e a portare a passeggio la cagnetta della veterinaria che trascorreva le sue giornate in ambulatorio, sdraiata sul suo divano o giocando con i suoi mille giochi.

Parlai alla veterinaria di Lady e lei acconsentì a fare un prezzo scontato per visitarla.

Il problema era convincere il suo proprietario.

La tecnica fu di impaurirlo: secondo me Lady non ce la farà a sostenere la gravidanza e il parto ridotta com'è, secondo me muore.

Sembra assurdo, visto come si comportava con lei, ma ci teneva molto a quel cane, e la cosa funzionò, anche perché gli garantii che il costo della visita sarebbe stato irrisorio grazie alla mia conoscenza della veterinaria.

Lady fu riempita di vitamine, ricostituenti e simili. Io cominciai a darle qualcosa da mangiare di nascosto, durante il giorno quando loro non c'erano.

Ma non bastava, dovevo trovare il modo perché le venisse dato il cibo, doveva assolutamente nutrirsi.

Si ma come?

Alla fine trovai la soluzione, o almeno sperai che funzionasse.

Una sera mi feci coraggio e suonai il campanello di casa del vicino chiedendogli se, per favore, poteva scendere e darmi una mano che dovevo dargli qualcosa che non ce la facevo a portargli su da sola.

Tutto incuriosito scese di corsa e lo portai davanti a un enorme sacco di buon cibo per cani e a un mucchio di scatolette di umido dicendogli che era il mio regalo per Lady.

Alle sue proteste risposi: da noi si usa fare regali alle donne che stanno per avere figli e questo è il mio regalo per Lady che sta per diventare mamma.

Ridendo accettò.

Gli dissi che se nella ciotola di Lady mescolava un po' di crocchette e un po' di umido lei avrebbe mangiato sicuramente.

Giorno dopo giorno le costole si vedevano sempre meno, lo aveva notato anche lui e fantasticava sui cuccioli, pensava a come sistemarli.

Secondo lui aveva già un mucchio di richieste.

Io ero scettica, la gente fa presto a entusiasmarsi, tra l'altro molte di queste richieste provenivano dai compagni di scuola delle bimbe, attendibilità vicina allo zero secondo me.

Comunque avremmo visto al momento.

Cominciai a dirgli di preparare qualcosa di adatto per il momento del parto nel fondo, coperte, paglia, a coprire almeno con dei teli di plastica le grandi finestre senza vetri che c'erano su di un lato. Gli offrii il mio aiuto che accettò.

So che, ogni tanto, la notte, lui scendeva giù per dare una controllata e fu lui che alle tre di una notte si trovò davanti 7 piccoli ranocchietti e gridando come un matto, incurante del fatto che avrebbe svegliato tutto il vicinato, mi venne a chiamare attaccandosi al campanello. Avevo già sentito le sue urla visto che il fondo era a due metri dalle mie finestre e mi ero precipitata fuori temendo il peggio.

Per fortuna Lady, Lady Oscar aveva fatto tutto da sola e ora, stanca morta, si godeva i suoi figlioletti.

Lui piangeva. L'ho detto, era suonato, un insieme di contraddizioni terrificanti.

Preoccupato di come fare mi chiese se potessi occuparmi io di Lady e dei cuccioli durante il giorno.

Ovvio che sì.

Davo da mangiare a Lady ogni tre ore, praticamente mentre lei nutriva i suoi figli io nutrivo lei, anche se le costole non si vedevano più era ancora molto magra e 7 cuccioli ne prendevano di energia. Durante la notte mettevo la sveglia, ma o facevo così o non credo sarebbe sopravvissuta e neppure i cuccioli, se perdevano la loro fonte di cibo e calore.

Man mano che passavano i giorni quella specie di recinto che avevo costruito con mezzi di fortuna andava continuamente ristrutturato, per dire così.

Stesi molti giornali e via via che si sporcavano li cambiavo e alzavo le barricate man mano che loro cominciavano a muoversi.

E perlustravo ogni giorno lo stanzone per togliere oggetti acuminati, sostanze pericolose se ingerite, tutto ciò che lui prendeva e buttava lì senza mai pensare a nulla.

I cuccioli erano uno spettacolo incredibile! Ed erano decisamente figli del canino vecchio, quello che non ce l'avrebbe mai fatta... Ma alcuni di loro decisamente erano del bracco.

Tutti, tranne uno tutto nero, avevano ereditato il mantello nero focato della mamma, quello nero era un bracchettino fatto e finito, due erano degli spinoncini fatti e finiti (una delle razze del vecchio canino meticcio era sicuramente quella dello spinone), una aveva anche le "sopraciglia" della mamma che le davano un aspetto sempre imbronciato e cazzuto che mi faceva scoppiare a ridere solo a guardarla. Gli altri erano un mix, la componente lupesca era comunque evidentissima.

Quattro femmine e tre maschi.

Le bimbe, appena tornavano da scuola, si fiondavano da loro e io le incoraggiavo sempre a toccarli, a prenderli in braccio perché sapevo che era molto importante che socializzassero fin da subito.

Anche il vicino, devo dire, faceva lo stesso. Però loro tutti si limitavano alle coccole, al resto, compreso lo svezzamento pensavo io.

Intanto crescevano a vista d'occhio e qualcuno iniziava già a superare tutti gli sbarramenti, perciò io e Lady a volte dovevamo rincorrerli e riportarli dentro, ma ne mettevi uno al riparo e ne uscivano due.... Oddio che ridere.

Ma a volte anche che preoccupazione!

Insistevo con il vicino che occorreva assolutamente sistemarli perché non ce la facevamo più a tenerli d'occhio e il rischio che finissero uccisi da un cinghiale o da una macchina era concreto.

Come immaginavo, dei tanti entusiasmi iniziali non ne rimase neppure uno che li volesse prendere.

Lui era disperato, cominciava a rendersi conto del casino in cui si era cacciato.

Ancora una volta mi chiese aiuto.

Ero pronta. Nel frattempo mi ero data da fare. Ma non avevo trovato neppure io qualcuno che volesse un cucciolo di cane, per quanto stupendo fosse.

Allora, con l'aiuto di un'amica, mettemmo a punto "il piano".

Sapevo che non mi sarei potuta presentare al canile con i cuccioli perché li avrebbero rifiutati, esisteva un proprietario.

Il piano era così congegnato: avrei legato Lady, la mattina quando non c'era nessuno, in modo da poter prendere i cuccioli e metterli in una grande scatola di cartone (che aveva contenuto il mio televisore e che per fortuna non avevo buttato via dopo il trasloco) con delle coperte sul fondo e piena di buchi per far circolare l'aria.

La mia amica sarebbe arrivata da me e insieme avremmo messo lo scatolone vivente nel portabagagli della sua auto, sarebbe quindi partita alla volta del suo ufficio.

Lungo la strada c'era uno spiazzo abbastanza grande

con dei cassonetti dell'immondizia.

Quando fosse arrivata lì io l'avrei chiamata al cellulare per invitarla a pranzo. Avevamo fatto le prove per vedere quanto tempo impiegava in modo che la mia telefonata arrivasse proprio mentre lei raggiungeva quel punto.

Mi sono sempre piaciuti i telefilm polizieschi...

Sentendo squillare il cellulare lei accostò in questo spiazzo e mi rispose, accettando il mio invito ma dicendomi a un certo punto: scusa, scusa un attimo, sento degli strani rumori al cassonetto, vedo uno scatolone, ti richiamo.

In effetti dopo pochi minuti mi richiamò agitata dicendomi: lo scatolone è pieno di cuccioli di cane, devo correre a portarli dai vigili.

Animalista convinta, altre volte si era trovata davanti a scene simili, anche se non "costruite ad hoc" come quella, perciò sapeva esattamente cosa fare.

Dai vigili compilò i moduli di denuncia e poi, ben sapendo di fare un favore a loro che altrimenti avrebbero dovuto recapitare lo scatolone al canile, si offrì di portarcelo direttamente lei.

Così i cuccioli di Lady arrivarono sani e salvi al canile, dove furono accuditi, coccolati e messi in un box insieme a ben 9 cuccioli di maremmano, cicciose palle di lana bianca, che andavi in brodo di giuggiole a guardarli tutti quanti.

A casa, non appena la mia amica partì con quel carico uggiolante, andai a liberare Lady che come una pazza cercava i suoi figli annusando a destra e a manca, piangendo. Veramente piangevo anche io.

Mi ero procurata dei Fiori di Bach che l'avrebbero aiutata a lenire il dolore e ne presi un po' anche io.

Prima di liberarla però avevo provveduto a far sparire ogni cosa, le coperte, le ciotole, i giornali, avevo smantellato il recinto, non sapevo se stavo facendo la cosa giusta, andavo a intuito, a buon senso.

Pensai che se la scena cambiava del tutto sarebbe stato forse più facile per lei accettare che i suoi cuccioli non c'erano più. Ne rimaneva l'odore, questo sì ma niente altro.

Per il resto la lasciai agitarsi, mugolare, annusare, senza dirle nulla né toccarla.

Il giorno seguente era di nuovo quasi lei, mangiava regolarmente e tornò a passeggio con me e gli altri cani.

Quando i suoi proprietari tornarono a casa e non trovarono più i cuccioli e il fondo tirato a lucido non la finivano più di ringraziarmi.

Ma avevo fatto un patto con loro. Il mio aiuto aveva richiesto un impegno preciso da parte loro: l'immediata sterilizzazione di Lady e non avrebbero mai saputo dove avevo portato, né come, i cuccioli.

Ancora una volta la paura delle conseguenze che non mancavo di ripetergli tipo mantra ebbe il suo effetto.

Elencavo reati come truffa, falso, abbandono di cuccioli che era comparato al maltrattamento, e siccome oltre a me erano coinvolte altre persone, mai gli avrei detto come avevo fatto.

Non sarà stato corretto né pedagogico e chissenefrega.

Fu preso l'appuntamento dalla veterinaria che conoscevo e finalmente Lady venne sterilizzata e accudita in casa loro, secondo mie precise direttive. E porca miseria!

Ogni volta che andavo al canile, mi scioglievo in lacrime davanti ai "miei" cuccioletti, i quali mi riconoscevano, almeno questa era la mia impressione, e mi salivano tutti addosso quando entravo nel box e mi sedevo per terra con loro.

I cuccioli sono in genere i primi a essere richiesti e loro poi, davvero splendidi, furono sistemati tutti quanti e io ho avuto la fortuna di essere presente a quasi tutti i loro addii al canile.

Erano sicuramente di indole docile, i loro genitori, tutti e tre, erano cani bravi, equilibrati, molto buoni, con nessuna aggressività verso i loro simili di entrambi i sessi e neppure verso i gatti, e meno che mai verso le persone.

La famiglia umana di Lady aveva anche un gattino rosso di nome Charlie, preso da piccolissimo, prima che Lady rimanesse incinta.

Lei lo accudiva, la prima volta che l'ho vista scendere le scale con Charlie in bocca che ciondolava mi sono sentita morire: oddio l'ha ammazzato.

Appena arrivata sull'erbetta si è messa a terra e

l'ammazzato si è messo a giocare con lei.

Come spesso mi è successo, erano ancora tante le cose che dovevo imparare sugli animali...

E i cucciolini erano ben socializzati, direi, visto che si lasciavano prendere in braccio da tutti, si lasciavano coccolare senza dar segno di fastidio né di voler scendere.

Più di una volta ho visto con i miei occhi il cucciolino di turno seduto tranquillo sulle gambe di chi stava firmando i moduli per la sua adozione.

Ero felice, felice e felice per loro, ma versavo lo stesso fiumiciattoli di lacrime.

Mi conquistai la riconoscenza del vicino, il quale veniva di continuo a portarmi le uova delle sue galline, o vassoi di pasta, di tortelli freschi, appena fatti nella ditta dove lavorava.

Ma siccome era come era continuò bellamente a fare feste fino all'alba e a mettere la macchina sotto la finestra di camera mia.

E fece cose anche peggiori, tipo lanciare l'auto a tutta birra incitando Lady a seguirlo, con il risultato che lei si fece male alle zampe e zoppicò vistosamente per diversi giorni.

Comunque quando la canina aveva qualche problema lui veniva subito a cercarmi per sapere cosa fare, così le mettevo io le gocce nelle orecchie quando aveva l'otite o le davo gli antibiotici quando aveva il mal di gola, le mettevo la pomata sulle punture di zecche quando succedeva, per fortuna raramente visto che ormai l'antiparassitario glielo dava.

Mi ero fatta una certa esperienza, in parte per aver lavorato due anni in un ambulatorio veterinario ma soprattutto per aver curato la mia pastoressa che era un cerottino…

Non potei fare nulla quando invece una sera il vicino corse da me gridando che salissi di corsa in casa sua che Lady era in una pozza di sangue e tremava tutta.

Volai, effettivamente la canina perdeva molto sangue da una coscia, nella parte esterna della quale c'era un foro profondo, si vedeva l'osso. E tremava in evidente stato di shock.

Lui cominciò a sbraitare come sempre faceva quando aveva paura o era in difficoltà, cominciando a gridare che se era stato un cacciatore lui lo avrebbe ucciso con le sue mani. Minacciava ogni poco di uccidere qualcuno. Gli dissi di non gridare che spaventava Lady e chiamai la veterinaria. Si era vicini all'orario di chiusura ma che diamine.

Non lavoravo più da lei, erano successe cose che non mi erano piaciute per nulla, lei si era rivelata non un granché né come professionista né come persona.

Però conosceva la canina e insomma la chiamai. Rispose una sua amica, che conoscevo anche io, e le chiesi di passarmela.

Le sentii parlottare e poi l'amica mi disse che la veterinaria stava visitando e non poteva venire al telefono e che richiamassi l'indomani..

Le spiegai la situazione per filo e per segno, ero in grado di riconoscere un caso grave da una sciocchezza.

Ma neppure allora si degnò di rispondermi, e so bene che se c'è un'urgenza si corre eccome al telefono, soprattutto se quello che stai facendo è una semplice visita di routine.

Mi fece chiedere dall'amica se secondo me era urgente:

A quel punto persi le staffe, e risposi che secondo me un buco in una coscia con l'osso che si vedeva, un'emorragia che non pareva fermarsi e un cane che tremava perché sotto shock era urgente e poi riattaccai sbatacchiando la cornetta.

Chiamai il nuovo veterinario da cui andavo di recente con il mio cane, gli spiegai la situazione e lui, nonostante fossero ormai le otto di sera e a noi occorresse almeno mezz'ora per arrivare al suo studio, mi disse di andare che ci avrebbe aspettati.

Il buco pareva di una fucilata, ma di quelle da cinghialai non di una rosa di pallini.

Lady fu sedata per poterle fare una radiografia in modo da vedere se ci fosse un corpo estraneo, venne disinfettata e le furono dati due punti.

Per fortuna nessun danno troppo serio e nessuna traccia di proiettili o altro all'interno della sua coscia.

Con la spiegazione delle cure da farle nei giorni seguenti e un conto davvero amichevole ce ne tornammo a casa finalmente senza più preoccupazione.

Il veterinario si complimentò per il mio tempestivo intervento e il vicino da allora diventò suo cliente, abbandonando quella che avrebbe fatto meglio a cambiare lavoro. Io l'avevo mandata al diavolo da tempo.

Comunque evidentemente tanto tranquilla non doveva essersi sentita dopo la mia telefonata perché neppure dieci minuti dopo che eravamo usciti, ci disse la compagna del vicino al nostro rientro, la veterinaria aveva telefonato per dire che se la situazione era sempre uguale andassimo in ambulatorio.

"Grazie, no più bisogno, troppo tardi" rispose nel suo italiano stentato la vicina riattaccando senza darle il tempo di chiedere altro.

Brava. E giustamente vendicativa... Che almeno la veterinaria si scervellasse sul significato di quel "no più bisogno, troppo tardi" e provasse un po' di preoccupazione.

Lady si rimise in fretta e ricominciò a venire a passeggio con me e gli altri cani. Era una cucciolona sempre in vena di giocare.

Con il vecchio canino, co-padre di alcuni dei suoi figli se ne approfittava un po', gli faceva agguati scherzosi, rigorosamente dopo ripetuti inchini di invito al gioco piombandogli addosso da ogni dove.

Lui subiva, sempre tranquillo, al massimo ogni tanto si dava una scrollatina.

Per Stella, la mia pastoressa, Lady aveva una sorta

di adorazione, la cercava sempre, riempiendole il viso di leccatine o di leggerissime capate a cui Stella rispondeva volgendo il muso di lato, a volte spostandosi. Se Lady insisteva troppo un brontolio di Stella la faceva spalmare per terra. Ok, ok, messaggio arrivato forte e chiaro.

Per il resto, almeno finché non c'erano i suoi umani, Lady stazionava davanti al cancello del nostro giardino, perlopiù con il muso infilato dentro le sbarre a osservare quello che facevamo noi, a prendersi e dare leccatine a Stella.

Anche a lei, come alla mia, le medicine le davo come fossero prelibate chicche, nascondendole nel pugno di una mano e canticchiando: mano mano ròta, quale è piena e quale è vuota, mentre agitavo le mani strette a pugno davanti al tartufo.

Anche lei, come Stella, indicava sempre la mano piena e si pappava la medicina. Anche la chicca ovviamente.

Sapeva sempre quando prendevo la macchina non per andarmene per i fatti miei, ma per arrivare in piazza a prendere le bimbe che tornavano da scuola e ci veniva incontro. Regolarmente la trovavamo in cima alla salita che cominciava a ballare e abbaiare in un vorticare di coda.

Una volta sola successe un incidente tra lei e Stella e fu colpa mia.

Lady stava dormendo profondamente sulla soglia del fondo, la porta era spalancata.

Io ero fuori con Stella, lì a due passi e Stella si diresse verso di lei. La tenevo al guinzaglio e lei si avvicinò piano piano per darle una leccatina.

Realizzai con un secondo di ritardo la pericolosità della faccenda.

Lascia stare il can che dorme ha un suo perché...

Stella fece appena in tempo a sfiorare con la lingua il muso di Lady che questa saltò su e reagì con un morso e in un secondo ci fu un avviluppìo di peli ritti, ringhi, zampe che volavano dovunque.

Durò un attimo ma il risultato fu un cane con un vistoso sbrego a pochi millimetri da un occhio e con il muso pieno di sangue, Stella, e un altro che guardava il tutto piangendo e disperandosi, Lady.

Aveva evidentemente riconosciuto Stella e le sue buone intenzioni, ma troppo tardi e adesso letteralmente si disperava.

Portai Stella in casa, la pulii dal sangue, le pulii l'occhio con acqua borica e la misi in macchina per portarla dal veterinario.

Ma prima tornai da Lady per accertarmi che non fosse ferita. Non aveva manco un graffio ma era spaventatissima.

Per fortuna aveva mancato l'occhio davvero per pochi millimetri e la cosa si risolse in pochi giorni con una pomata antibiotica.

Tornate a casa, andammo subito da Lady e la invitai a seguirci, come sempre, in una passeggiata.

Non sapevo come avrebbero reagito vedendosi, ma

volevo provare. Un po' come quando si cade dalla bici e bisogna rimontarci subito sennò poi la paura prende il sopravvento e non lo si fa più, privandosi di un grande piacere.

Lady non dette segno di volerci seguire.

Stella fu memorabile, invece di continuare a camminare si mise nella posizione di terra anche lei. Io rimasi lì in silenzio, in disparte per non causare la benché minima tensione, lasciando il guinzaglio.

Non so cosa si dissero. Dopo un tempo che mi parve ragionevole mi voltai e incamminandomi richiamai Stella, al solito suono entrambe si alzarono e ci facemmo una bellissima passeggiata tra le vigne.

Ero riuscita a migliorare la sua vita, a far sì che il suo proprietario non la picchiasse più e avesse un po' più cura di lei.

Ma niente era assodato con lui, non lo si poteva perdere di vista perché ogni tanto se ne usciva con qualche nuova trovata assurda e bisognava ricominciare tutto da capo o quasi.

Mi pareva come succede con i cani quando vengono educati solo a base di bocconcini, senza pensare a creare una vera relazione con loro in modo che preferiscano noi a tutto il resto del mondo, indipendentemente dai premi.

Un passo avanti e due indietro… mai niente di scontato, di veramente compreso e appreso.

L'avevo riempito di bocconcini il vicino, ma sinceramente di costruire una relazione profonda con lui non mi si poteva chiedere. La mia epimeletica non lo comprendeva.

Un giorno gli veniva in mente di costruire un grande recinto per le bestie in un campo lontano da casa, così i vicini non avrebbero protestato perché il gallo li svegliava di continuo e per il puzzo delle bestie. E Lady sarebbe stata messa laggiù a fare la guardia.

Un altro si convinceva che Lady non era adatta a stare lì perché era troppo buona e non avrebbe mai difeso loro e le bimbe quando erano sole.

Inutile tentare di spiegargli che la bontà non c'entrava nulla e meno che mai la cattiveria.

Lady, se le bimbe o qualcuno di loro era dentro, non consentiva neppure a me di arrivare fino alla porta di casa.

Mi veniva incontro facendomi le feste, ma se accennavo a salire le scale si metteva di traverso e iniziava a uggiolare.

Il suo corpo, i suoi vocalizzi e il suo sguardo erano chiarissimi: ti prego, per favore non insistere, non costringermi a mandarti via in malo modo. Si agitava molto, entrava in una situazione di conflitto tra ciò che considerava il suo lavoro e l'amicizia con me, per lei molto importante, come per me del resto.

L'ho sempre rispettata fermandomi all'inizio delle scale, solo quando la porta si apriva e uno di loro appariva salutandomi e invitandomi a salire, Lady mi lasciava passare e iniziava a saltellare e a darmi leccate.

Mi faceva ridere, forse me lo sogno ma a me pareva mi chiedesse: non ti sei mica offesa vero?

Ma loro non si accorgevano di nessun comportamento del loro cane.

Feci notare, dimostrandoglielo praticamente, che Lady li avrebbe difesi e come in caso di necessità.

Il demente si meravigliò e poi mi disse: ah, ecco perché miei amici quando viene telefona da qui sotto e dici me di chiamare Lady!

Eh, già.

Tra l'altro cominciarono ad arrivare le proteste per il fatto che la canina girasse sempre libera. Non si allontanava mai molto, ma da bravo pastore tedesco campi, oliveti, viottoli intorno casa erano roba sua.

Non faceva nulla, non ha mai aggredito nessuno ma uno che si fa la sua corsettina deve potersela fare senza vedersi venire incontro un pastore tedesco con i denti ben in vista che gli abbaia contro.

Stesso discorso per il postino.

Avrò ripetuto millanta volte al vicino che doveva costruire un recinto per Lady, di posto ce n'era in abbondanza.

Sì, sì, ora io fare "rincinto".

Si avvicinava il momento del mio trasloco, mi sarei trasferita in un'altra casa ed ero preoccupata.

Quando me ne fossi andata non so cosa sarebbe successo, non ci sarei più stata io a tranquillizzare il postino, a fargli lasciare la posta dei vicini nella mia cassetta in modo da non doversi avvicinare alla loro porta.

Già una volta erano venuti i vigili a causa della denuncia di uno che era venuto a fare jogging e aveva incontrato Lady descrivendola come un pericolosissimo e ferocissimo cane.

Me lo aspettavo.

La faccenda si svolse così. Come al solito ero fuori, sul viottolo con Stella e il vecchio canino al guinzaglio e Lady libera che ci camminava accanto. Stavamo andando a fare una passeggiata quando vidi arrivare uno che correva. Con calma e senza tendere i guinzagli mi spostai liberando la stradina che occupavamo per intero con il nostro piccolo branco.

Visto che lui non accennava a rallentare chiesi il seduto ai cani che si sedettero in semicerchio davanti a me. All'inizio chiedevo solo a Stella, ma loro presto hanno iniziato a fare quello che faceva lei, ad associare i comportamenti alle richieste.

Erano troppo buffi, mi sembravano una classe di bambini seduti davanti alla maestra, i loro occhi mi guardavano e a volte non resistevo proprio: bene bambini, allora oggi interrogo, vediamo un po' chi viene alla lavagna?

Continuavano a guardarmi ma i loro sguardi si facevano perplessi e sono quasi sicura che pensassero: questa è andata, ce la siamo giocata poveri noi...

Comunque quella volta feci la persona seria.

Quando lui fu alla nostra altezza i cani si stavano mangiando un biscotto e non lo degnarono di uno sguardo. Lui invece pensò bene di gridarmi: Ehi, perché quel cane lo tiene sciolto?

Con tono di voce pacato gli risposi che non era mio ma che come poteva vedere non dava nessun problema.

Lui pensò bene di avvicinarsi a me mentre con voce risentita e gesticolando molto mi disse di dirgli chi era il proprietario che ci pensava lui, il cane doveva legarlo sennò lui sarebbe andato dai vigili.

I cani cominciarono ad agitarsi un po', ma erano al guinzaglio e potevo controllarli. Lady no.

Si avvicinò al tizio iniziando ad abbaiare mentre lui le gridava: vattene, vai via.

Chiamai Lady, con un secco Lady vieni qua.

Lei tornò da me ma senza smettere di abbaiare, coro al quale furono ben felici di unirsi anche gli altri due.

Il tizio urlava come un matto, e a niente valsero le mie parole che cercavano di calmarlo e di spiegargli che stava spaventando i cani con il suo comportamento.

Per fortuna quando arrivarono i vigili Lady era sì sciolta ma stava camminando a fianco a me, tranquillissima, tanto che i vigili stessi scesero di macchina senza problemi, si lasciarono annusare e le fecero un po' di carezze.

Spiegai la situazione, per quella volta avrebbero lasciato perdere anche perché, lavorando su un territorio composto prevalentemente di campagna, sapevano bene che la maggior parte della gente teneva i cani o fissi alla catena o completamente liberi. Addirittura avevano invitato il tizio che aveva sporto denuncia ad andare a correre da un'altra parte.

Ma certo se quello fosse tornato, loro avrebbero dovuto fare una multa al proprietario del cane. La legge era chiara.

L'unico risultato che ottenni parlando al vicino fu uno sproloquio dei suoi in cui vaneggiava che avrebbe aspettato lui quel tipo e lo avrebbe riempito di pugni. Perfetto.

Quel tizio lì per fortuna non si fece più vedere, però ne capitarono altri e quasi sempre c'era da discutere. Io dovevo discutere visto che ero l'unica umana presente.

Quando, di lì a breve me ne fossi andata, mi sarei portata con me il vecchio canino, ne avevo già parlato con i suoi proprietari che ne furono strafelici. Loro aspettavano solo che il cane morisse per liberarsene.

E di certo senza più me lì a prendermene cura la cosa sarebbe arrivata dopo non molto.

Non potevo neppure pensare a quello che sarebbe tornata ad essere la sua vita, sarebbe tornato a stare a catena 24 ore al giorno, a vivere di nuovo in mezzo ai suoi escrementi, e quando sarebbe arrivato l'inverno avrebbe avuto freddo senza nessuno che andasse a cambiare la paglia della sua cuccia o a cambiargli le coperte se quelle che c'erano le aveva bagnate.

Io mi sarei portata via anche Lady; diciamo che se consideravo il vecchio canino un "caso umano", lei mi era entrata nel cuore.

Avrebbe sofferto la solitudine perché non me ne sarei andata solo io ma anche i suoi due compagni di giochi e passeggiate.

Ma lei non me l'avrebbero data mai e poi mai.

A volte non si può fare altro che accettare che le cose non vadano come si vorrebbe.   Fa un male boia.

Purtroppo la mia compagna di vita morì 15 giorni prima del trasloco.

Il vicino appena lo seppe venne subito a suonarmi il campanello per chiedermi se era vero e al mio cenno di testa (le parole proprio non mi venivano) lo vidi piangere mentre mi diceva: oh no, spiace tanto tanto.

Non feci in tempo a pensare che in fondo anche lui aveva un cuore ed era capace di empatia che aggiunse: perché penso a quando succederà Lady, non posso pensare.

Bravo, non pensare che tanto non è la cosa che ti viene meglio.

Pur devastata dal dolore mi sembrò senza senso aspettare il trasloco per prendere il vecchio canino. Mi sentivo così svuotata che non sarei stata in grado di giocarci o di dargli molto, ma almeno nel mio giardino poteva stare senza catena, avrebbe avuto i suoi pasti e lo avrei portato fuori a fare passeggiate. E se il tempo fosse peggiorato sarebbe potuto entrare in casa e starsene al caldo.

Ma questa è un'altra epimeletica…

NENA-NENÈ

I gatti si difendono così
Mostrando sempre un'aria indifferente
come se una carezza non fosse poi importante,
come se il loro cuore non
ascoltasse niente.
(Gino Paoli)

Ricapitolando, avevo la mia pastoressa, badavo a Nick e a Lady, e a Tina la gattina e Ugo che ormai avevo adottato. Ed ero sempre con pochi soldi, anche perché per Stella e i suoi tanti problemi ne servivano molti.

Ma l'epimeletica aveva in serbo dell'altro per me.

Una mattina fece capolino in un punto tra l'erba un miagolio lieve, ma così lieve che pensai di essermelo immaginato. Il repentino mettersi sul chi vive di Stella però mi disse che non avevo immaginato proprio nulla. Infatti vidi un gattino/a, ancora non sapevo bene, che dire splendido era poco: razza certosina.

Creatura terrorizzata da tutto e da tutti, ma la fame in qualche modo l'aveva spinta fino a lì, a doversi pur fidare di qualcuno.

Per giorni la vedevo nascosta dietro qualche sasso, o su un albero, (e avevo visto che era femmina) che mi osservava mentre le lasciavo cibo e acqua e me ne andavo. Solo allora mangiava, ma se passava qualcuno, se sentiva un rumore, se arrivava una macchina, lei schizzava via in un attimo e non si faceva più vedere per ore.

Non sapevo come fare perché si fidasse fino al punto di farsi prendere, era così minuta, così bella.

Vedevo che guardava, seguiva i miei spostamenti, quando uscivo con Stella, quando giocavo con Tina e Ugo, quando andavo a prendere Nick. Guardava ma non si avvicinava e se muovevo qualche passo verso di lei scappava. Lo stesso se ad avvicinarsi erano gli altri gatti.

Non so, forse di nuovo andavo di fantasia ma a me pareva che fosse solo il terrore a tenerla lontana mentre aveva un gran bisogno di aiuto e di coccole.

Nessuno degli animali con cui ho vissuto (dopo Kim il pastore tedesco dei miei nonni con cui sono cresciuta), pur avendoli amati moltissimo tutti, mi è entrato profondamente nel cuore rimanendoci per sempre come Stella. Ma Nena c'è andata molto ma molto vicina.

Avevo deciso di chiamarla così, a volte così e altre Nenè.

Era magrissima, e non sempre, a causa dei suoi timori, finiva tutto il cibo che le lasciavo e sul quale si fiondavano subito i 7 chili bulimici di Ugo.

Forse la mia perseveranza o forse il suo bisogno di trovare protezione, forse entrambi, alla fine riuscirono a far sì che se rimanevo accucciata immobile e la chiamavo, lei si avvicinasse cauta e senza mai smettere di guardarsi intorno con aria preoccupata. Però non nel mio giardino perché la presenza di Stella era troppo per lei…

In quello accanto, quello dei proprietari di Nick avvenne l'incontro, il suo strusciarmisi addosso, toccata e fuga, ma era un inizio.

Arrivavo con il cibo a orari regolari che presto lei imparò, aspettandomi nascosta, ma appena la chiamavo rispondeva con un piccolo "mieeo" e si avvicinava, lasciandosi accarezzare.

C'era, nel giardino dei vicini, un grande capanno, utilizzato come garage e anche come laboratorio e mi venne l'idea di tenere la porta aperta, forse così, invece di scappare chissà dove in preda ai suoi momenti di terrore poteva nascondersi lì. La proprietaria di Nick, nonché del giardino e relativo capanno, mi dette subito il permesso. Si inteneriva per ogni bestiola, bastava non si trattasse di Nick…

In un angolo misi una copertina, un giaciglio di fortuna, magari di notte Nena ci sarebbe andata, chissà.

Non sono mai riuscita a capire se ci abbia dormito, ma di certo cominciò ad andarci ogni volta che c'era un rumore o passava qualcuno, in macchina o a piedi che fosse. E ci rimaneva finché non entravo io e la chiamavo.

Mi arrivava il suo “mieeo” da sotto la macchina o da dietro le botti. La chiamavo due o tre volte e lei sempre rispondeva “mieeo” e alla fine usciva dal suo nascondiglio e si faceva prendere in braccio.

Aveva pelo grigio di seta e l’avrei accarezzata per ore mentre infilava la testa sotto il mio collo o nell’incavo del braccio e faceva le fusa.

Volevo si abituasse a venire nel mio giardino, sarebbe stato un altro passo importante per potermene prendere cura.

Perciò cominciai ad andare nel solito posto con la ciotolina del cibo ma, anziché metterla in terra, la invitavo a seguirmi tenendo la ciotola in basso, a portata del suo naso, e camminando piano all’indietro.

Lei mi seguiva fino al cancello ma lì si piantava, o meglio, faceva due passettini sulla strada per poi ritornare precipitosamente dentro il giardino.

Così, visto che adesso me lo consentiva abbastanza agevolmente, la presi in braccio e portai lei e la ciotola di cibo nel mio giardino, avendo prima chiuso Stella in casa.

Per un po’ di giorni facemmo così, e in confronto a tenere Ugo in braccio, con lei pareva di reggere l’aria e poco più.

Forse si poteva osare ancora qualcosa… Mi presentai da lei, nel solito posto, senza cibo ma chiamandola e invitandola a seguirmi e lei non solo lo fece stavolta senza problemi, trovando nel mio giardino il suo pasto, ma dopo pochi giorni, visto che i giardini erano confinanti, divisi solo da un basso muretto e una rete, faceva fare a me il percorso lungo la strada mentre lei tagliava per il giardino aspettandomi direttamente sul muretto, la furba sfaticata.

A quel punto la sollevavo al di sopra della rete e il gioco era fatto.

Adesso pareva che il ghiaccio fosse proprio rotto tanto che cominciò a passare gran parte delle giornate nel mio giardino, di preferenza su un olivo, fuori dalla portata di Stella; di notte invece se ne andava sulla panchina con Ugo che, coccolone come era, la riempiva di leccate tenendole una zampa sul collo.

Ma ancora era piena di paure, non capiva che dentro il giardino era al sicuro dalle persone e dalle macchine, se ne arrivava una lei schizzava via lontano. Mi accorsi che, verso la punta, la sua coda presentava una specie di bozzo, come fosse stata rotta e collegai questo e il terrore delle macchine al fatto che probabilmente fosse stata investita.

Adesso potevo lavorare con Stella per farle, se non amare, almeno accettare la presenza di Nena.

Non voleva dire molto che amasse Tina la gattina o che accettasse Ugo o che giocasse con Charlie, il gatto dei proprietari di Lady che ogni tre per quattro entrava nel mio giardino.

I cani non sanno generalizzare, e un conto sono gli animali di casa che a quel punto fanno parte del branco, ma altro paio di maniche sono tutti gli altri.

Nena era una via di mezzo, non collaborava come aveva fatto Tina la gattina, non era senza alcun timore come Charlie, ma non scappava neppure come Ugo correndo alla panchina manco giocasse a Tana libero tutti.

Se Stella si avvicinava troppo, Nena le soffiava di brutto e alzava le zampe con gli artigli ben sfoderati. Stella le abbaiava contro di brutto ma al mio "Ehi!" con tono di voce severo smettevano.

Finirono con l'ignorarsi e del resto Nena stava ben attenta a non passarle vicino, a volte facendo percorsi tortuosi a base anche di salti sui mobili per andare dove voleva evitando guai.

Già, perché nel frattempo Nena entrava anche in casa, ma per dormire continuava a preferire la compagnia di Ugo.

Finalmente aveva ripreso peso, la portai dal veterinario, stava bene, fece vaccini e tutto quanto e fissammo per la sterilizzazione.

Troppo tardi… mi accorsi che la pancia non era aumentata solo per il cibo, il veterinario confermò.

Lei, non so se per la gravidanza o per la totale fiducia che ormai aveva in me, tanto da riuscire a rimanermi in collo senza più fuggire se passavano macchine o si avvicinava qualcuno, era diventata di un affettuoso, di un coccolone da farmi fare le pozzettine di tenerezza.

Appena mi sedevo al computer saliva in collo e

sulle mie gambe si addormentava, finalmente tranquilla, senza più le paure che l'avevano attanagliata fino a poco tempo prima.

Chissà cosa le ho ispirato, chissà cosa ha percepito, chi può dirlo?

Mano a mano che la sua gravidanza procedeva pensavo ad allestirle una sala parto. Però ogni tentativo si rivelava inadatto.

Alla fine sotto la legnaia misi un tavolino di vimini a capo all'ingiù, le zampe e il bordo fornivano una sufficiente protezione. E ci misi coperte e teli.

Lì era irraggiungibile da Stella, la quale osservava tutti quei movimenti e osservava Nena. Non le avrebbe fatto nulla ma Nena si agitava un po' se lei si avvicinava, a volte. E quello non era il momento di farla agitare.

La sua pancia diventava sempre più grande e lei non trovava più una posizione per dormire, si innervosiva.

Così la notte, camminavo per il giardino tenendola in collo, le mie mani che reggevano lei e la sua ingombrante pancia. Potevo sentire i gattini muoversi e lei che piano piano si rilassava e si addormentava.

Quando ero stanca di camminare mi sedevo, con lei sempre tra le mie braccia che continuava a dormire.

Per una settimana Nena riuscì a dormire solo così, se la mettevo giù, sulla panchina o da qualunque parte, ci stava un poco, poi cominciava a girarsi e rigirarsi senza trovare pace.

Avevo avuto, tanti anni prima, una gatta che aveva

partorito tre volte, ma non era mai successo niente del genere.

Tina la gattina, che quando fu abbandonata era incinta, andò a partorire nel campo, in un suo nascondiglio che non sono mai riuscita a trovare, portandomi i suoi figlioletti quando furono in grado di camminare.

Ma Nena si abbandonava completamente a me, si affidava piena di amore nei miei confronti, non so dire diversamente.

Sotto la legnaia ci andava ogni tanto, ma il posto non la convinceva, in realtà neanche a me. Stella lì non poteva disturbarla ma gli altri gatti sì.

Ugo poi faceva la posta a quella cuccia regale, appena lei scendeva lui ci si fiondava.

Da allora ogni tanto lo chiamo zio Gugo, come il personaggio del film "Speriamo sia femmina"... me lo ricorda.

Poi mi venne in mente la soluzione.

In casa c'erano due bagni, uno in fondo al corridoio dopo la mia camera, ed era il mio, l'altro era proprio nell'ingresso, di fronte alla porta finestra che dava sul giardino, era quello per gli ospiti ma soprattutto era quello con la vasca.

Misi sul fondo dei cuscini grandi di Stella e li coprii con dei lenzuoli e osservai il tutto molto soddisfatta. Era una sala parto perfetta.

Stella poteva solo affacciarsi al bordo per curiosare, se Nena voleva uscire con due salti era in giardino, il bordo della vasca aveva lo spazio sufficiente a contenere ciotole di cibo e acqua e spazio per lei. E soprattutto i piccoli potevano muoversi senza pericoli, ce ne voleva prima che riuscissero a uscire da lì!

Finito di allestire il tutto mi rimisi al computer e poco dopo Nena si acciambellò sulle mie gambe.

Passarono, quanto? Dieci minuti? Forse. E sentii le gambe bagnate, a Nena si erano rotte le acque.

Oddio. Rimasi immobile qualche minuto, per calmare la mia agitazione che non volevo comunicarle.

Mi comportavo come facevo con Stella, ma che ne sapevo se anche con i gatti andava bene?

Pensai di metterla nella vasca e di vedere lei cosa volesse fare, se le sarebbe sembrato il posto giusto o se invece se ne sarebbe schizzata fuori per andare a partorire chissà dove.

Mi alzai lentamente, parlandole con voce calma, quasi un sussurro e la posai delicatamente nella vasca.

Da come si rilassò immediatamente, da come si sdraiò sembrava non aspettasse altro, era nel posto giusto.

Adesso speravo solo che tutto andasse bene, era così piccolina. A un certo punto cominciò ad agitarsi, a muoversi, si vedeva bene che stava spingendo, si lamentava e si contorceva e poi plaf… fuori uno che cominciò subito a leccare velocemente.

Io stavo lì, in ginocchio per terra, appoggiata al bordo della vasca. Il piccolino era un ciccione pazzesco, ci credo che si fosse lamentata, ancora non so come abbia fatto a uscire da lei così grosso!

Dopo circa mezz'ora eccone un altro, una passeggiata in confronto.. Procedeva tutto bene e io avevo bisogno di un caffè e di una sigaretta.

Sarò stata in cucina dieci minuti a dire tanto, beh al ritorno in bagno ne trovai ancora un altro e Nena pareva stanca ma in ottime condizioni. E dopo aver ripulito ben bene anche questo figlio si rilassava, cercando di recuperare un po' di forze.

Io invece non ero rilassata per nulla, tenerezza, paura, emozione, ansia, di tutto un po'.

Stranamente nessuno venne a disturbarci, chissà se per puro caso o perché avevano capito. Stella era in giardino, gli altri gatti in giro.

Dopo circa quaranta minuti cominciai a calmarmi, ormai era fatta. Nena riposava con i suoi piccoli spalmati addosso e anche io mi sarei spalmata volentieri un po' sul divano.

Sono stata lì ancora un po', finché Stella non si è affacciata, come d'abitudine, a controllare che facevo, dove ero, se era tutto a posto.

Mi sono alzata e sono uscita con lei in giardino, si stava proprio bene fuori, forse potevamo andare a farci una piccola passeggiata, ma prima volevo controllare Nena.

Ossignore! Un altro… ne aveva partorito un altro, o altra non sapevo, ma erano decisamente quattro. L'ultimo piccino picciò, ma stavano tutti bene.

Era il 18 aprile, un gran bel giorno con una gran bella vasca piena di gatti.

E Stella aveva capito. Si fermò sulla soglia del bagno guardandomi, chiedeva il permesso, per me andava bene se entrava a dare un'occhiatina?

Le sorrisi invitandola a venire avanti e lei lentamente avanzò fino al bordo della vasca. Nena si alzò vedendola e miagolò, con una mano carezzavo Nena per dirle stai tranquilla nessuno farà del male ai tuoi piccoli. Con l'altra carezzavo Stella e le dicevo brava, perché il suo comportamento era ineccepibile.

Guardava, come seguisse una partita di tennis muoveva la testa percorrendo la vasca e il suo contenuto da destra a sinistra. Poi guardava me e quindi ricominciava. Alla fine, paga dello spettacolo, si girò e tornò in giardino a sedersi sull'erba.

Se io non ero nel bagno Stella non ci entrava, la notte ognuno dormiva al suo posto. Io sul divano, Stella accanto a me nella sua cuccia, Nena nella vasca con i suoi figlioletti.

Che crescevano a vista d'occhio. Erano tre femmine e un maschio, tutti nerissimi tranne una che era a strisce grigie chiaro e nere, una zebra in pratica. Infatti il suo fu il primo nome: Zebrettina. Per gli altri ci avrei pensato intanto che mi mettevo in moto per cercare di piazzarli.

Passavo le ore a guardarli, meglio di qualunque film.

Il ciccione era sempre più ciccione, Zebrettina era

un incanto, una era di dimensioni normali e l'ultima era uno scricciolo e mi preoccupava.

Nena era provata da quel parto, forse non aveva latte per tutti o forse la piccolina era meno forte degli altri, sta di fatto che cresceva poco, gli altri la scacciavano o comunque faceva fatica a guadagnarsi la sua poppa.

È stata l'ultima in tutto, lo svezzamento gliel'ho fatto io, dandole il cibo con un dito perché non era capace di mangiare da sola, come gli altri, quando Nena non volle più saperne di allattare quei dentini aguzzi.

Così trovai il nome anche per lei: Forrest Gump, detta per brevità Forry, la tontolona del gruppo.

Nena cambiò postazione: il lavandino diventò la sua nuova cuccia, da lì poteva vedere direttamente la porta-finestra, il giardino e quindi chi fosse eventualmente entrato. Inoltre aveva la veduta aerea della vasca dove i suoi figlioletti giocavano a fare la lotta e iniziavano i tentativi di free climbing lungo le pareti scivolose, con risultati comici irresistibili.

Due di loro avevano la coda identica a quella della madre… con quello strano bozzolino come di coda rotta e risaldata da sola e male.

Crollava così tutta la mia teoria sulle paure di Nena…

Era l'ora di cominciare a portarli fuori. Una vecchia cuccia di Stella, una specie di bagnarola morbida era perfetta. Ce li misi dentro e portai il tutto in giardino, sotto un olivo, seguita da Nena.

Io seduta per terra a gambe larghe e con la bagnarola nel mezzo, Nena dentro con i suoi piccoli e Stella seduta vicina.

Foto, foto e foto... Succedeva di tutto. Ancora poppate ogni tanto, giochi, capriole, coccole, risse, tentativi di uscire dalla bagnarola, ma per farlo bisognava superare quell'abisso di 5 centimetri che separava il bordo da terra...

Ogni giorno bagni di sole e riposi all'ombra e poi iniziarono le esplorazioni del giardino che doveva sembrargli immenso, con me e Nena che un po' li lasciavamo fare e un po' correvamo a recuperarli se si avvicinavano troppo alle sbarre della recinzione, perché per loro sarebbe stato un gioco passarci attraverso.

Stella fu eccezionale, sempre curiosa ma sempre anche rispettosa non si avvicinava mai troppo per non spaventarli e non preoccupare Nena. E Nena la lasciava fare anche se a volte erano i piccoli ad andarle vicinissimi.

Ugo osservava tutto dall'alto della sua panchina, ma quando Nena cominciò ad allontanarsi ogni tanto per andare a fare un giretto, Ugo scendeva subito in giardino e controllava lui i piccoli. È stato un perfetto baby-sitter, impediva loro di cacciarsi in pericoli, li leccava tutti tenendoli fermi con le sue zampotte grasse e morbide. Uno spettacolo nello spettacolo.

Parevano una vera famiglia, Nena cercava sempre più la compagnia di Ugo che la ricambiava con coccole a tutto spiano, tenendole quasi sempre una zampa sul collo, ma senza stringere, solo per tenersela vicina.

Se non ne fossi stata diretta testimone avrei stentato a crederlo.

Venne il momento di sterilizzare Nena e andò tutto bene. Il veterinario mi aveva consigliato, per quella prima notte, di metterla a dormire separata dai gattini per evitare che potessero farle involontariamente male alla ferita.

Feci così, ma si andava via di cervello con Nena che urlava dalla mia camera dove l'avevo messa e con i piccoli che strepitavano e piangevano dalla vasca da bagno. A un certo punto presi Nena e la misi insieme ai suoi figli e per incanto cessò ogni disperazione e potemmo dormire in santa pace tutti quanti.

Avevo deciso da quasi subito che non avrei potuto separarmi da Zebrettina, troppo bella, un muso a birbante simpaticissimo, le gote bianche e due occhi azzurri sempre spalancati. Non erano gli occhi blu che tutti i cuccioli hanno alla nascita e che poi cambiano colore. I suoi erano azzurri, stupendi. Mi batteva il cuore quando la guardavo.

Ma presto pensai che non potevo dare via neppure Forrest, almeno non ancora, era troppo minutina, troppo bisognosa di cure.

Inoltre, per quanto giocassero molto e si ruzzolassero nell'erba tutti insieme, tra Zebrettina e Forrest c'era evidentemente un legame particolare.

Dormivano, anche durante il giorno, sempre insieme in un intreccìo di zampe inestricabile, si leccavano a turno per delle mezz'ore e salivano entrambe sulle mie gambe dove si acciambellavano e dormivano paciocche.

Gli altri due, il maschio e una femmina li regalai a persone super selezionate, ancora oggi mi mandano foto e mi fanno sapere come stanno Schizzo e Maya, così li hanno chiamati.

Quando Forry recuperò in pieno ormai era troppo tardi per darla via. Troppo tardi per il mio cuore intendo…

Era di un'agilità pazzesca, balzava dappertutto, giocava con pressoché tutto ed era alla ricerca continua del contatto visivo con me.

Anche Nena e Zebrettina stavano a lungo dove stavo io, intenta a preparare gli scatoloni per il trasloco.

Però mentre erano con me, giocavano tra loro o dormivano.

Forry no. Lei guardava me, messa come un cane nella posizione "Terra" non perdeva un solo gesto.

Ormai erano grandi abbastanza per poter esplorare i dintorni di casa, Nena le guidava.

La notte dormivano ancora in casa, ma poi con le fresche e piacevoli notti estive non ne vollero più sapere.

C'era una folla sulla panchina sotto la loggetta in quelle notti…

NONNO NICK, IL CANINO RASTA

E allora prendilo, prendi un altro
piccolo pezzo del mio cuore, dolcezza.
Janis Joplin: "Piece of My Heart"

Veramente il nome era Nick, ma data la sua veneranda età io lo chiamavo Nonno Nick. Quando sono arrivata in quella casa vicina a lui, aveva più o meno 12 anni, i proprietari non lo ricordavano esattamente, ma calcolavano in base all'età che aveva la loro nipotina quando lo presero.

Canino multirazziale, spinone, forse dalmata e chissà che altro. Per lo stato del suo pelo avevo dato come sottotitolo al suo nome quello di canino rasta e questo dovrebbe rendere l'idea.

E quando l'ho conosciuto viveva alla catena fisso, senza mai essere sciolto neppure una volta, da circa 3 anni.

Secondo i suoi proprietari perché sennò scappava, se ne andava in paese a cercare una signora inglese che lo rimpinzava di chicche ogni volta che passeggiava dalle parti di Nick insieme ai suoi due husky.

Non disdegnava neppure una sosta al bar in piazza, dove una pasta, magari del giorno prima, la rimediava.

In effetti era vero che scappava, lo so bene io che gli sono corsa dietro in almeno tre occasioni, con il terrore che finisse sotto una macchina.

Ai suoi proprietari l'unica ansia che le sue fughe procuravano era quella che il cane facesse cadere uno in bicicletta o in motorino e poi questo "uno" chiedesse i danni a loro.

Per il resto aspettavano solo che morisse per non doversene più occupare. Che poi occupare è una parola grossa riferita a quello che facevano.

Nessun riparo per Nick a meno che non si voglia considerare tale una botte di cemento che diventava un congelatore d'inverno e un forno a microonde d'estate.

Nessuna ciotola per il cibo che gli veniva gettato (quando gli veniva dato, mica sempre) direttamente per terra e se aveva piovuto in terra c'era fango oltre ai suoi escrementi, quelli anche se c'era il sole, visto che non poteva farli altrove.

Una catena pesante al collo e lì accanto un vecchio gabbiotto pieno di attrezzi agricoli, una vecchia vespa e cianfrusaglie varie, mezzo in legno marcio e mezzo in ferro arrugginito, nelle cui assi e sporgenze Nick finiva regolarmente per incastrarsi quando c'erano i temporali di cui aveva terrore. Spesso si feriva e rimaneva ore lontano dall'acqua prima che qualcuno di loro facesse qualcosa.

Prima dell'avvento della vecchia signora inglese, così mi dicevano i proprietari di Nick, lui era sempre libero e non si allontanava mai.

Tutta colpa di quella là, dicevano. Sarà, comunque a farne le spese fu solo il cane.

Naturalmente non aveva mai visto un veterinario in vita sua, mai avuto un vaccino, un antiparassitario.

Infatti aveva appese addosso, come le lucine all'albero di Natale, una quantità impressionante di zecche. E di sicuro chissà quante pulci.

Anche a me, come facevano pressoché con ogni persona che capitava da quelle parti, i suoi proprietari chiesero di prenderlo e tenermelo.

Non era proprio possibile, la mia pastoressa aveva una storia impegnativa alle spalle e ancora io e lei stavamo lavorandoci su per migliorare la vita a entrambe.

Lui era un cinghialino, rozzo, senza nessuna educazione, anche se buonissimo. Mi vedevo scenari apocalittici se lo avessi preso. La casa devastata perché non era abituato, il giardino ridotto un campo da golf ma solo nel senso di pieno di buche, i miei fiori divelti. E poi sarebbe diventato complicato uscire in macchina. No no, proprio non me la sentivo.

Nick non rispondeva a nessuna richiesta, manco al richiamo.

E poi soprattutto non ero in grado di mantenere due cani, oltre ai gatti.

Ma non sarei rimasta indifferente, non avrei potuto

girare gli occhi da un'altra parte facendo finta di nulla.

Vecchio sì, ma con un muso così buffo, delle espressioni così fanciullesche che era impossibile non prendersene cura..

E poi, da qualche anno, forse perché vecchia cominciavo a sentirmi anche io, forse perché anche la mia pastoressa lo era diventata, il mio cuore guardava con predilezione ai vecchietti.

Mi fanno tenerezza al pari dei cuccioli, anche se per motivi diversi. Quei loro passi affaticati, l'andatura un po' barcollante, il modo in cui si mettono giù, lentamente, con le vecchie ossa doloranti che a volte fanno sì che emettano un lieve lamento o un brontolio.

Come gli anziani umani par che dicano: eh… brutta bestia la vecchiaia, mentre se ne vanno ciabattando.

Si cominciò con le passeggiate.

La prima non me la posso scordare. Intanto perché quando mi vide prendere il guinzaglio cominciò a saltare come un invasato riducendomi piena di fango pressoché ovunque.

Poi perché appena riuscii ad agganciarglielo al collare schizzò via con un salto per essere rimbalzato subito all'indietro come una molla perché non avevo ancora sganciato la catena…

Poi perché una volta attaccato al guinzaglio cominciò a correre come se volesse battere tutti i record esistenti trascinandomi in una corsa che non sapevo quando e se avrebbe mai avuto fine.

Forse vuol morire così, pensai, correndo come un matto finché non gli scoppierà il vecchio cuore e amen. Sperando che non fosse il mio di cuori a fare cioppete… lo seguii al suo ritmo.

E infine perché non riuscii a contare le volte in cui fece pipì, ma la cacca la fece 7 volte.

Forse avrà pensato: facciamone il più possibile perché chissà quando mi ritocca.

Gli portai una ciotola per il cibo e una per l'acqua, quella che aveva era una vecchia pentola completamente arrugginita e coperta di muschio.

Ogni volta (due volte al giorno, tutti i giorni, con qualunque tempo) che lo andavo a prendere per portarlo a passeggio mi saltava addosso, all'inizio mi vestivo con le peggio cose che tanto mi imbrattava tutta.

Poi cominciai a dirmi che no, via, c'era da fare un po' di lavoro con Nick, c'era da insegnargli un po' di cose. Facevo quello che avevo fatto con la mia pastoressa ma senza nessun risultato. Non capivo, non ancora, che alla base doveva esserci un rapporto con il cane. La mia pastoressa l'avevo conosciuta che aveva tre mesi, lui da pochi giorni. Abituato a fare tutto quello che gli pareva senza che nessuno chiedesse qualcosa a lui per anni e poi alla catena.

Dovevo armarmi di pazienza, conquistare la sua fiducia e anche portarlo fuori insieme alla mia, hai visto mai che potesse imparare qualcosa anche da lei.

Per lui, quindi, avevo ben chiaro il da farsi.

Non sapevo invece da che parte rifarmi per addestrare i suoi proprietari.

Trovavo infatti sempre vuota la ciotola per il cibo che avevo sistemato dove stava lui e continuavo a trovare cibo, soprattutto ossa (di pollo!!!) e avanzi di cucina sparpagliati per terra. L'unica differenza con prima era la mancanza delle cacche, che avevo tolto e che adesso Nick faceva quando andavamo a passeggio.

Ora io dico, pensavano che avessi messo la ciotola per fare arredamento?

Idem con quella per l'acqua.

Occorreva un corsettino educativo anche per loro.

Fu assai più impegnativo insegnare qualcosa a loro che non a Nick.

La prima battaglia fu contro le ossa di pollo, pericolosissime perché si scheggiano facilmente e, una volta ingerite, possono perforare l'intestino o altri organi.

Il proprietario gliele dava perché aveva tante galline a cui regolarmente tirava il collo e poi arrostiva ben bene, perciò nutrire il cane con le ossa non gli costava una lira. Idem per gli avanzi dei pasti.

Le mie idee erano solo baggianate, Nick aveva sempre mangiato ossa di pollo ed era ancora vivo, brontolava il suo proprietario A volte quell'ancora suonava impregnato di contrarietà, per cui forse le ossa gliele dava con la speranza che lo ammazzassero, chissà.

Che fosse stata solo questione di culo non lo voleva intendere.

Comunque alla fine ottenni che venisse alimentato con cibo per cani, trovando personalmente un cibo dove qualità e prezzo fossero accettabili, non era il meglio ma… e siccome mi accorsi che a volte, se erano stanchi o se pioveva non ci pensavano proprio a uscire di casa per andare a darglielo, mi offrii di pensarci io.

Riuscii anche a ottenere che gli venisse dato regolarmente un antiparassitario, anche se furono irremovibili sul fatto di darglielo solo d'estate sostenendo che d'inverno non ce ne fosse alcun bisogno. Così le dosi durante i mesi invernali gliele compravo io.

Chi non uccide direttamente il proprio cane ma lo tiene in condizioni tali che la sua vita è a rischio, per me è colpevole come chi gli tira una fucilata. A volte penso anche che, almeno, chi lo fa si assume la responsabilità e soprattutto gli evita una vita d'inferno e una lenta agonia. Guarda che sono arrivata a pensare…

Con la mia pastoressa andavano in visibilio: ma com'è bella, ma com'è brava, ma guarda come è obbediente, Nick invece è stupido, ignorante, non si merita nulla.

Tutto perché se solo poteva se ne correva via per andare dalla vecchia inglese. E perché se lo chiamavano lui, se e quando si girava, aveva l'espressione di Forrest Gump... ovviamente, ma era tutt'altro che stupido.

Trattavano il maiale come il bimbo di casa, arrivando perfino a tagliargli a spicchi le mele oltre a pulirgli regolarmente lo stalletto.

Ma il maiale avrebbe reso tanto, in bistecchine, prosciutti, salsicce (si sa che del maiale un si butta via nulla...) mentre Nick era solo un mangiapane a ufo.

Non ha mai dato segno di aggressività né verso i suoi simili di entrambi i sessi né tantomeno verso i gatti. Gatti che venivano abbandonati di frequente intorno casa nostra. Se erano femmine ci potevi rimettere l'orologio che quasi sempre erano incinte.

Come Tina, dolce pallottina bianca a toppe grigie, chiaramente abituata alle persone, alle abitazioni (conosceva perfettamente l'uso della lettiera) e ai cani. Affamata, si gettò, appena arrivata, sulla ciotola di Nick il quale emise un sordo ringhio, uno solo e a bocca chiusa, e Tina capì il messaggio e si mise in disparte.

La bontà di Nick, il suo grande cuore fecero sì che, contrariamente al solito, invece di spolverare la sua pappa, ne lasciasse un po', consentendo a Tina, quella volta, di mangiarla. Poi anche lei ebbe la sua personale ciotola di cibo.

Che dire? Non ci sono parole...

Eravamo in inverno e arrivò anche la neve, e io non potevo lasciare Nick senza un riparo.

Gli trovai una cuccia, piuttosto grande perché aveva

ospitato il pastore tedesco di un'amica che si offrì prontamente di darmela per lui.

Non entrava né nella sua panda né nella mia macchina accidenti, un corriere costava troppo.

Non rimaneva che una soluzione, un po' fantasiosa ma... Lì la cuccia entrava. Nel carro funebre.

Il marito della mia amica aveva un'impresa funeraria e acconsentì.

Ridevamo come citrulli già a mettercela dentro, ma niente in confronto al vedere le facce della gente del piccolo borghetto dove vivevo all'arrivo del carro.

Tutti fuori: oddio chi è morto? Che succede? E fin qui, passi...

Io non la so descrivere la loro espressione quando ci videro aprire il portello e tirare fuori una cuccia per cani, non la so proprio raccontare, ma mi viene da ridere ancora adesso a distanza di qualche anno a ripensarci.

Mi presi di pazza ma l'aggettivo non mi dispiacque.

Il lavoro non era finito, adesso occorreva insegnare a Nick a entrarci, a considerarla la sua casa, a dormirci nelle fredde notti invernali.

La riempii di paglia, ci misi delle coperte e, con i bocconcini, riuscii ad insegnargli.

E siccome i cani, compresi quelli vecchi, non sono scemi, appena realizzò di cosa si trattasse, ci entrò eccome.

La notte, prima di andare a dormire, specie se era molto freddo, armata di pila e con il gatto Ugo (altro abbandono, un meraviglioso simil siamese con pelo nocciola e marrone e due fari azzurri) al seguito, andavo a controllare Nick.

Lo trovavo addormentato dentro la sua cuccia, se tremava tornavo a portargli altre coperte.

Al ritorno, Ugo si piantava seduto davanti ai miei piedi con gli occhi sul mio viso. Se era nevicato, sempre. Se c'erano pozze d'acqua, lo stesso.

A me venivano in mente i video di Simon's cat, solo che mi pareva che lui invece di puntare la zampetta verso la bocca a indicare: ho fame, volesse essere preso in collo.

Infatti. Quindi, con 7 chili di siamese che a quel punto faceva fusa a tutta randa e la pila tenuta in qualche modo, tornavo a casa. Ugo lo depositavo nella panchina sotto la loggetta nel mio giardino, dove aveva scelto di vivere, in mezzo alle sue coperte. E buonanotte a tutti.

Tina la gattina era diventata amica della mia pastoressa e dormiva sul divano con lei.

Ora che la sopravvivenza di Nick era assicurata da cuccia, cibo quotidiano, acqua pulita, antiparassitari e passeggiate regolari, si poteva pensare ad altro.

Ad esempio allo stato del suo pelo. Se lo chiamavo il canino rasta c'era un suo perché.

Oltre a coprirgli gli occhi, il pelo era imbrattato di fango e altro, che evitavo di indagare cosa fosse. Quello intorno e sotto la bocca era talmente impiastricciato di cibo che pareva caramellato.

Sulla schiena, sul posteriore, sotto la pancia era pieno di grumi infeltriti, rasta appunto.

Solo che Nick era un cagnetto che non penso fosse mai stato picchiato ma di certo neppure mai accarezzato, coccolato, insomma uno che il contatto di una mano su di sé non sapeva proprio cosa fosse.

Armata di forbici e di pazienza infinita, facendogli prima annusare, vedere, toccare le forbici, parlandogli con voce calma e bassa, premiandolo ogni ciocca che mi consentiva di tagliare, piano piano sono riuscita a ripulirlo. Senza bisogno di legarlo (aveva sempre la catena ma era piuttosto lunga quindi se avesse voluto si sarebbe potuto allontanare dalle mie forbici) e smettendo quando iniziava con il ringhio a bocca chiusa.

Ci sono voluti molti giorni, ma alla fine ero piuttosto contenta del risultato, finalmente gli si vedevano quei vivacissimi occhi scuri, molto espressivi e allegri. Che dove trovasse tutta quell'allegria lo sapeva solo lui, porello.

Il mento era sempre caramellato, lì non mi consentiva di tagliare, amen.

Sono rimasta 4 anni in quel posto, poi insieme a un amico ho comprato una casa nei dintorni di Firenze, in campagna e isolata.

Pensavo a Nick, non potevo, non volevo, lasciarlo lì quando me ne fossi andata. Non potevo accettare di fregarmene, sapevo che sarebbe tornato alla vita di prima e stavolta sarebbe stato anche peggio perché ci sarebbe stato anche il mio tradimento, lui ormai di me si fidava, mi aspettava, scodinzolava felice appena mi vedeva.

Chiesi al mio amico se mi avrebbe dato una mano con lui, sia per stargli dietro sia economicamente e lui, che ama i cani come me, che si era affezionato a Nick, prontamente rispose: certo che sì!

E mi sentii il cuore leggero.

Mancavano solo 15 giorni al trasloco quando la mia pastoressa morì, ma di questo parlerò dopo, perché credo che l'epimeletica possa entrarci e anche molto con la morte.

Non il primo giorno perché non sapevo neanche più chi ero, dove fossi, persa in un dolore lacerante.

Il giorno seguente stavo forse anche peggio ma il cuore, o l'epimeletica, è coraggioso e una vocina dentro di me mi diceva che era stupido aspettare 15 giorni per fare vivere meglio Nick.

Il giardino era vuoto, la casa era vuota, io ero vuota, quindi ci poteva essere spazio per lui.

Erano pochi metri ma trasportare quella cuccia fu una faticaccia pazzesca, mi feci aiutare dai vicini e fu così che Nick a 16 anni riacquistò la libertà.

Pensai che era un po' come quando a qualcuno viene trapiantato il cuore o un altro organo, riacquista la vita perché un altro l'ha persa.

È crudele? Non lo so. Però è così. E forse il paragone era anche azzardato, ma forse non si deve badare troppo ai paragoni quando sei pieno di strazio.

Non ho dato molto al povero Nonno Nick in quei 15 giorni, certo il cibo e l'acqua, certo la possibilità di girellare libero per il giardino e le due passeggiate quotidiane e forse qualche carezza ogni tanto, distrattamente.

Non lo so, non ricordo molto.

Ricordo però che il giorno del trasloco obbligai i suoi, ormai ex proprietari, a portarlo loro in macchina nella nuova casa. Che facessero almeno quello! Io avevo la macchina piena di gatti, perché me li portai con me tutti e quattro, oltre a scatole, borsoni e tutto quello che riuscii a stiparci.

E ricordo anche che, appena arrivati, Nick se ne andò in giro a perlustrare giardino e casa non guardando più manco per un secondo, i suoi ex proprietari, neppure quando se ne andarono.

In pochissimo tempo Nick si trasformò in un altro cane, in quel cane che non aveva mai avuto la possibilità di tirare fuori.

Abbaiava, faceva la guardia (!!!), poteva finalmente manifestare una grande propensione al gioco, con relativi inchini, agguati agli stivali, saltelli quando prendevo il guinzaglio, uggiolii festanti e coda che faceva il giro completo, impazzita, ogni volta che mi vedeva.

Quando uscivamo era così felice, pieno di slancio vitale che si scordava gli acciacchi e a volte alzava troppo di slancio la zampetta per fare pipì e si capottava. Non volevo scoppiare a ridere, non è carino… ma non ci riuscivo quando succedeva.

Ma Nick non se la prendeva, si rialzava, si dava una scrollatina e ripartiva.

La sua cuccia, portata stavolta dal camion dei traslochi insieme ai mobili, era in giardino ma lui non la guardava manco più.

Finalmente aveva una casa a disposizione, una cuccia morbida in salotto dove dormiva sonni profondi e beati. Aveva la compagnia dei suoi amati gatti con i quali giocava. E un territorio nuovo di zecca da esplorare insieme a me, e tanti cani nuovi da conoscere e con i quali continuava a non avere problemi, manco con quelli piccoli che se ne fregavano altamente della recinzione perché, al pari dei gatti, ci passavano attraverso ed entravano nel "suo" giardino.

Ogni tanto vedevo spuntare dal vetro della porta-finestra, i suoi occhietti curiosi e quelle orecchie ballonzolanti che mi facevano sempre ridere. Controllava che tutto fosse a posto, che io fossi al mio posto, poi si girava (lentamente perché le sue zampette cominciano a dargli problemi) e tornava in giardino.

E a chi pensa che i cani anziani non imparino più nulla dico che Nick ha imparato moltissimo: a tornare al richiamo, a cercare il contatto e visivo e fisico con me, a eseguire un terra resta da manuale, con tanto di cancello spalancato che non si sognava di oltrepassare!!!

Un giorno, spero ancora lontano e soprattutto spero indolore per lui, il suo posto rimarrà nel suo giardino, dove nutrirà una bella pianta. Come ha nutrito me, in questi mesi, lenendo un po' il mio dolore.

Questo pensavo e questo ho fatto quando quel giorno nel luglio dei suoi 18 anni è arrivato il momento di addormentarlo. Non riusciva che a fare due, tre passi e poi si accasciava, le sue zampette erano ormai prive di muscolatura. Nick il fuggitivo, il corridore, il camminatore… immobile no. Non potevo fargli questo. Si è addormentato sereno, nella sua cuccia sotto la loggetta, al fresco, con la sua testolina nel cavo della mia mano. Si era ripreso la vita e la dignità e si era preso il mio cuore.

Sotto il ciliegio ho scavato la fossa, e ci ho messo lui, la sua pallina, il suo collare e una manciata di chicche. Sopra ho piantato un sacco di fiorellini e così potevo vedere la sua tomba anche dall'alto del giardino.

Una bella visione disneyana… che ha resistito finché il mio vicino ha iniziato a prestarmi i suoi ciuchini, durante l'estate, per tenermi pulito il terreno. Hanno un ettaro di terreno per passeggiare, correre, mangiare e fare la cacca. Ma dove la fanno?

Eh, certo. Sopra la tomba di Nick, sopra i fiorellini che ormai non si vedono più.

Ma sono sicura che, là sotto, Nonno Nick se la ride della cacca, dei ciuchini e della mia visione disneyana…

L'EPIMELETICA E LA MORTE

Ho spiegato a san Pietro che preferivo
fermarmi qui, fuori dalla porta.
Non darò nessun disturbo, non
abbaierò neppure, avrò pazienza aspetterò.
Me ne starò qui, mordicchiando un osso
celeste, non importa quanto ci metterai.
Mi mancheresti troppo;
se entrassi da solo, che paradiso sarebbe,per me?
(autore ignoto, pubblicato su Facebook)

Si arrivò così a settembre, un mese che mi è sempre piaciuto molto soprattutto per quella luce così nitida delle sue giornate fresche ma ancora piene di sole.

Adesso per me è il mese più brutto del mondo.

La sera del 9, anzi la notte, verso l'una il mio amico Pierluigi, che in quei giorni era mio ospite, entrò in casa e dall'espressione del suo viso capii immediatamente che era successo qualcosa. Mi alzai dal divano dove ero a leggere e, già preoccupata, gli chiesi: che è successo?

Mi stava ancora raccontando che io ero già schizzata fuori, con la pila in mano e correvo lungo la stradina di casa dicendo: no, no… Oddio no, no.

E invece a 20 metri da casa, in mezzo alla carreggiata dove l'aveva vista lui, riconobbi immediatamente Forry, ormai priva di vita.

Era rannicchiata, ancora calda, morbida, non c'era traccia di sangue, solo un po' di feci, la testina era piegata verso lo sterno, troppo piegata. Penso che la macchina che l'ha presa le abbia spezzato il collo, almeno non dovrebbe avere sofferto.

Me la presi delicatamente tra le mani tanto era ancora minutina la mia sciocca Forrest Gump, mentre Pierluigi arrivato di corsa anche lui illuminava la strada con la pila.

Io piangevo a dirotto portandomela al viso, dandole piccoli baci, che dolore. Che dolore.

E che rabbia, A quell'ora di notte potevano essere passati di lì solo dei vicini, potevo anche immaginare chi. Non si erano fermati neppure per toglierla dal mezzo di strada, disumani totali.

Siamo rientrati in giardino e ho posato delicatamente Forry sul cofano della mia macchina per andare a prendere una scatolina di cartone che avevo nel ripostiglio sotto la loggetta.

L'ho messa lì dentro senza riuscire a calmare i miei singhiozzi, non mi decidevo a chiudere la scatolina, avevo sempre un ultimo bacino, un'ultima carezza per la mia Forrilù, come la chiamavo da un po'.

Mi rivedevo tutte le notti passate in giardino, al fresco, seduta sugli scalini a godermi la vista dei gatti, grandi e cuccioli, che giocavano, si rincorrevano, mi salivano in collo per una carezza e un po' di fusa, facevano le capriole, la lotta, assoluti padroni del giardino. La sera era tutto loro, la mia Stella, come i vecchietti, andava a cuccia presto, a dormire o comunque a riposarsi dentro casa.

Dovevo rientrare, Stella mi aveva vista precipitarmi fuori e non tornare, non volevo si agitasse. Mi asciugai gli occhi ed entrai dentro, lei era dietro la porta, forse chiedendosi cosa diavolo fosse successo.

Non sapevo ancora che esattamente una settimana dopo, sempre di venerdì, il 16 sarebbe stata lei a lasciarmi sola in un baratro di dolore.

Mancavano solo 15 giorni al trasloco quando dovetti fare quello che, credo, nessuna persona che ami il proprio animale, vorrebbe mai trovarsi a dover fare.

La telefonata, quella telefonata, al veterinario.

A Stella, come non fosse bastato tutto quello che le era capitato, circa due anni prima era stata diagnosticata una mielopatia degenerativa. Non esistono cure, non è certa l'aspettativa di vita che rimane, da 6 mesi a 5 anni mi fu detto.

Tutto quello che si può fare io già lo facevo, tenere controllato il peso, camminate brevi ma frequenti per tenere tonica la muscolatura, integratori a base di vitamina E e omega3.

La malattia ha un decorso a “montagne russe”, con picchi di miglioramento (ma non c’è da fare nessuna festa) e altrettanti di peggioramento. Solo che questi ultimi sono ogni volta più intensi. E durante queste fasi usavo supporti, imbracature per aiutare il suo posteriore a tirarsi su, a camminare.

Sempre più appariva evidente che la capacità propriocettiva (quella che ci consente di “sentire” come nostra ogni parte del corpo e di comandarne i movimenti) diminuiva.

Certe volte pareva proprio che Stella pensasse di essere un cane a metà, la metà anteriore, con la quale si muoveva a piacimento e scansava ostacoli contro i quali invece sbatacchiava regolarmente con il posteriore, come se questo fosse un’appendice che non la riguardava.

A un certo momento fu necessario il carrellino, non fu semplice abituarla e lo usò anche poco.

Io non lo sapevo che il tempo era finito, perché per il resto lei era sempre lei, tenera, affettuosa, scassa palle, vispa, con gli occhi sempre attenti, con il suo appetito. Nei giorni sì era ancora in grado di fare piccole corsette dietro al gatto Ugo, o di andare incontro a chi arrivava.

Io non lo sapevo. Le avevo comprato anche un materasso vero, di quelli da lettino da bambino, perché la cuccia aveva il bordo che lei a volte, con le zampe posteriori, non riusciva a superare e i cuscinoni, quando si tirava su, le si incastravano tra le zampe. L'avevo messo accanto al divano dove dormivo e lei mostrò di gradire tantissimo perché, quando ci si sdraiava, i suoi occhi erano ancora più vicini ai miei e, dopo languide occhiate, si addormentava con i suoi profondi sospiri di soddisfazione.

Ci ha dormito solo due notti. La terza non riuscì a raggiungerlo, a sdraiarcisi, palesemente sofferente al punto che non mi permise di aiutarla, guaendo e poi brontolando sordamente se insistevo.

Mi misi sul pavimento insieme a lei, non volle mangiare, solo bere, trasformando in laghi di pipì ogni sorso. Quando iniziò a tremare le misi addosso coperte e coperte. Ogni tanto chiudeva gli occhi, si addormentava qualche minuto poi cercava di alzarsi senza riuscirci.

La malattia nel suo inesorabile progredire era arrivata al diaframma, respirava male, con grande fatica, era rimasta una sola cosa che potessi fare per aiutarla.

Il mio cuore morì prima di lei, nel momento in cui chiamai il veterinario che, conoscendo la storia, arrivò di corsa all'alba.

Appena lo vide Stella si tirò su, non fu in grado di muoversi ma si alzò per tutto quello che poté.

Il veterinario seppe trovare le parole di cui avevo bisogno perché mi maceravo. Signora, è arrivato il momento, ha fatto benissimo a chiamarmi, non c'è altro da fare.

Stella era dolorante pertanto le misi, io, il laccetto alla bocca per evitare che mordesse, aveva ringhiato mostrando i denti appena il veterinario le aveva messo una mano sulla coscia.

Non la coccolai, sapevo che sarebbe stato un errore che l'avrebbe tutt'altro che aiutata. Le tenni la testa giù, con una presa dolce ma decisa e con lo stesso tono di voce le dissi: ferma. Obbedì, come sempre, facendomi sentire crudele. Hai voglia a dirti che è la cosa giusta fare così, ma mi pareva di approfittare della sua fiducia e del suo amore per me.

Dopo l'iniezione le tolsi il laccio alla bocca e rimasi accanto a lei, con una mano sulla sua schiena finché non la sentii rilassarsi.

Non so come feci, ma mi alzai e andai in cucina, la stanza subito lì accanto, a preparare il caffè per me e per il veterinario. Ero alla totale portata del suo sguardo, lei mi poteva sentire e vedere mentre facevo cose che mi aveva visto fare millanta volte e questo l'avrebbe tranquillizzata. Fossi rimasta inginocchiata accanto a lei, a non perdermi neppure un soffio del suo respiro, si sarebbe agitata.

Quando poco dopo si addormentò, il dottore mi avvertì che adesso le avrebbe fatto l'iniezione, quella che l'avrebbe resa, da quel momento in poi, sempre presente solo nel mio cuore.

Pochi istanti dopo le auscultò il cuore e mormorò: la canina è morta.

E io crollai. Lui rimase lì, in silenzio, dandomi il

tempo per disperarmi.

Insieme la mettemmo sul suo materasso, ma prima mi chiese se non avevo un telo, un lenzuolo dove avvolgerla perché metterla nel sacco nero della nettezza gli pareva terribile.

Sì, ci avevo pensato e presi il suo lenzuolo bianco e pulito, ne facemmo una canina indiana, avvolta nel telo. La pira sarebbe arrivata dopo poche ore, anche se in forma tecnologica.

Sapevo già che l'avrei fatta cremare, mi ero informata e l'azienda Petico che si occupava di queste cose, era abbastanza vicina a dove vivevo, ma anche fosse stata lontana l'avrei portata lo stesso io. Loro ritirano anche le salme a domicilio ma mai l'avrei lasciata andare da sola, con estranei. Insieme fino all'ultimo.

L'epimeletica, almeno la mia, non si limitava ai vivi.

Fortuna volle, si fa per dire, che quel giorno il forno fosse in funzione e perciò avrei avuto, dopo le ore necessarie, subito le sue ceneri.

Diversamente avrei dovuto lasciarla lì e tornare la settimana successiva per riavere i suoi resti.

Così, dopo appena due ore dalla sua morte, aiutata dal mio amico Pierluigi che era tornato subito a casa, la misi al suo solito posto in macchina e partimmo.

Volli guidare io, mi restava quasi più nulla da fare per lei e non volevo perdermi neppure quel minimo.

Il viaggio si svolse nel più assoluto silenzio, dallo

specchietto vedevo il profilo del suo corpo sdraiato, su un fianco. L'avrei riconosciuto tra mille, anche coperto da un lenzuolo come era. Sobbalzava leggermente, dondolava piano con i movimenti della macchina dandomi l'illusione che stesse dormendo, come tante altre volte.

Arrivammo a destinazione, e Stella la misi, con l'aiuto di un inserviente, su un carrellino come quelli degli ospedali e le togliemmo il lenzuolo. La lasciai con Pierluigi e io salii negli uffici a riempire tutti i fogli necessari e a scegliere l'urna. Tutte cose che feci io, ma era uno strano essere io, solo una parte, l'altra era giù con Stella, mi sentivo come sdoppiata.

Finalmente potei tornare da lei.

L'inserviente mi disse che, se volevo, sarei potuta rimanere con lei per circa 50 minuti, fino al momento in cui l'avrebbe presa in carico lui.

Per come li ricordo io, quei minuti furono solo 5, forse anche meno. Me la sono strapazzata di baci e carezze, ho perfino riso parlandole, ricordandole le cose buffe che aveva fatto, le sciocchezze. Era ancora morbida morbida.

Mai avrei immaginato in vita mia di vivere un'esperienza del genere, è stato terribile ma anche splendido poter rimanere insieme fino all'ultimo secondo, fino a quell'ultimo atto d'amore condiviso.

Poi, quando tutto era pronto è tornato l'inserviente, io le ho dato un ultimo interminabile bacio e ho dovuto lasciarla a lui.

Mi hanno fatta entrare in una stanzetta riservata, Pierluigi era con me e lì, attraverso un monitor, ho potuto vederla per ancora un altro po', nel suo carrellino, vicina al forno.

Non so, forse visto dall'esterno può sembrare macabro, io non lo so. Lo vivevo come l'ennesima, anche se purtroppo ultima, condivisione delle nostre vite, come era stato per 13 anni e mezzo.

Dopo 5 minuti circa, quando il carrello con la mia grande compagna è stato messo davanti alla bocca del forno, ancora chiusa, il monitor è stato spento.

Poi si vive come sospesi in una strana realtà, voglio dire che fuori tutto è uguale, gli alberi, le strade, le macchine, ma ti sembra tutto diverso, ti sembra di non riconoscere più nulla.

Dopo alcune ore sono tornata alla macchina, in viaggio verso casa tenendo tra le mani una scatolina di latta bianca, con il coperchio rosso. Su un lato un omino stilizzato che ha sul cuore un'ormetta di cane rossa. Dentro, ancora tiepida, la mia Stella.

Per molti giorni ho guidato senza mai riuscire a usare lo specchietto retrovisore, non potevo guardare quel vuoto dietro di me.

Il 4 ottobre ci sarebbe stato il trasloco, stavo per andare a vivere in una casa dove il pavimento aveva piastrelle antiscivolo, scelte per Stella, per le sue zampette malferme.

La vita va avanti, ma diventa pesantissima con quel carico di dolore.

Non avevo neppure il tempo di sfogarmi, c'erano mille cose da fare, crollavo solo la notte, gran parte della quale non facevo che piangere senza riuscire a chiudere occhio che per poche ore, nonostante fossi morta di stanchezza.

C'era Nick con me, e portarlo fuori aggiungeva strazio, ogni luogo, ogni viottolo, ogni albero era pieno di ricordi, di momenti vissuti con Stella.

Lui pareva indifferente, in parte era forse un po' frastornato dal cambiamento della sua vita, che adesso trascorreva con me, finalmente libero dalla catena. In parte da sempre era abituato a contare solo su se stesso. E poi chissà. Forse anche i cani, come gli umani, hanno personalissime strade per elaborare il lutto.

Lady, invece, era inquieta, veniva al cancello, stava un po' lì, poi correva lungo la recinzione fino all'altro cancello, infilando la testa dentro le sbarre come sempre.

Quando uscivo con Nick al guinzaglio lei era lì che ci aspettava ma non ci seguiva subito. Rimaneva ferma davanti al cancello. Non potevo avere dubbi che stesse aspettando Stella, che si stesse chiedendo lei dove fosse e perché non si decideva a uscire.

Dopo un po' la sentivo arrivare al trotto, ci camminava accanto e facevamo i nostri giri in assoluto silenzio. Nessuno aveva parole né uggiolii da dire.

Non è stato facile chiudere quella porta per sempre,

i gatti erano nei loro trasportini in macchina, Nick era in quella dei suoi ex proprietari che lo avrebbero accompagnato.

Io salutai ogni stanza, ogni angolo di quella casa dove io e Stella avevamo vissuto una sorta di seconda vita in un tripudio di gioia.

E percorsi tutto il giardino rivedendo tante e tante scene di quotidianità e non me ne fregava nulla se tutti aspettavano me e probabilmente pensavano che ero proprio strana.

Gli addii sono una cosa seria.

Alla fine mi chiusi il cancello alle spalle, ma non avevo ancora finito.

Lady era seduta lì fuori e mi guardava. Avrei voluto solo prenderla e portarla via con me. Ma non si poteva.

Le feci le coccole di sempre, le dissi mi raccomando bada a te e fai la brava. Le chiesi il seduto che prontamente fece insieme agli occhi ridenti e la bocca pronta a prendere il biscotto.

E per la gioia di tutti entrai in macchina e misi in moto. Avrei avuto bisogno di un tergicristalli per i miei occhiali, ma non esisteva.

Dio che viaggio allucinante!

Ci voleva un'ora e mezzo e per un'ora e mezzo c'è stato un concerto assordante di miagolii in tutte le tonalità. Che non fu neppure la cosa peggiore.

Tre quarti del viaggio si svolsero con i finestrini spalancati, nonostante non facesse così tanto caldo, nella speranza, ahimé vana, di miscelare il puzzo di merda con l'aria esterna.

I poveri gatti, Tina la gattina, Ugo, Nena e Zebrettina, evidentemente impauriti e stressati avevano reagito così.

Ma come avrei potuto fare? Mica potevo lasciarli lì, chi se ne sarebbe preso cura? Che fine avrebbero fatto?

Ero preoccupata anche di come avrebbero reagito alla nuova sistemazione, mi avevano detto che i gatti potevano anche scappare per cercare di tornare al loro vecchio luogo di provenienza.

Non sapevo se fosse vero o la solita leggenda metropolitana. Io comunque non li avrei abbandonati, questo era poco ma sicuro.

L'unico che non ebbe alcun tipo di problema fu Nonno Nick che si fece tutto il viaggio seduto tranquillo a guardare fuori dal finestrino e che una volta arrivati andò a perlustrare il giardino non degnando più di una sola occhiata i suoi ex proprietari.

A casa nuova il caos. Lavori indietro, roba ovunque, dentro e fuori casa. Pierluigi accampato da me perché l'appartamento accanto, il suo, era ancora con i lavori da cominciare. Via vai di operai a tutte le ore, due dei quali rimanevano anche a dormire, in una camera approntata molto spartanamente per loro. Avremmo risparmiato qualcosa così, non avrebbero dovuto fare avanti e indietro con Firenze.

I gatti si dileguarono in un secondo.

Ma all'ora di cena, alla spicciolata si ripresentarono tutti. Tra le prime cose avevo ripristinato la vecchia panchina, anche qui c'era una loggetta, almeno avrebbero ritrovato qualcosa che conoscevano bene.

Ugo era quello che mi preoccupava maggiormente, lui sempre quando c'era troppa gente si dileguava per poi riapparire quando tornava la calma.

Infatti dopo 2 giorni sparì. Lo andai a cercare per giorni ma senza alcun risultato.

Pensai che fosse morto, che magari fosse finito sotto una macchina. Lui non se ne sarebbe mai andato da me, ero certa di questo. Mi angustiavo. Non mi davo pace. Ma dovetti accettare la realtà, speravo solo che almeno non avesse sofferto.

Gli altri non volevano dormire in casa, in genere i gatti, specie quelli di campagna abituati alla vita aperta, alla caccia al topo, dormono in casa solo d'inverno quando fa proprio freddo.

La mattina, quando aprivo la porta, me li trovavo lì davanti, i sopravvissuti... Tina, Nenè e Zebrettina, pronti a ricevere la loro pappa e le coccole.

Ma una mattina trovai solo Tina la gattina, strano. Cominciai a preoccuparmi, non poteva essere successo di nuovo, un'altra morte non l'avrei retta.

Chiamavo ma non ottenevo risposta, però il fatto che mancassero madre e figlia mi tranquillizzò un po', magari erano insieme da qualche parte e sarebbero arrivate da un momento all'altro.

Dopo colazione uscii fuori per la solita passeggiata con Nick. E sentii quasi subito un miagolio leggerissimo ma disperato. Mi giravo da tutte le parti senza riuscire a vedere nulla.

Feci qualche altro passo lungo la strada insieme a Nick per bloccarmi di colpo.

In terra c'era una chiazza grande di sangue quasi del tutto asciutto. Sull'asfalto disegnava, come fosse stato un calco, esattamente il corpo di un gatto, coda e forma delle orecchie comprese. Le orecchie di Nena, il corpo di Nena lo riconobbi immediatamente.

Mi guardai intorno freneticamente, forse era ferita, forse quel miagolio era il suo che mi chiamava.

Per terra non c'era traccia di frenata, poco distante c'erano due macchioline di sangue come se l'animale avesse tentato di spostarsi.

Ma a chi volevo raccontare le favole?

Se fosse stato così le macchioline di sangue sarebbero state di più, ci sarebbero state orme insanguinate. Invece il tutto rimaneva abbastanza lontano dal terreno al lato della strada e un gatto ferito gravemente, dato tutto quel sangue, di certo non era in grado di saltare. E poi, dove? Sull'albero? Figuriamoci! Neanche sul terreno c'erano orme.

Non poteva che esserci una sola spiegazione, Nena era stata uccisa da un animale, magari una volpe o una poiana che poi l'aveva presa e portata nella sua tana o nido. Questo spiegava l'assenza di goccioline e di ormette.

Non avevo più neppure le lacrime. E quel miagolio si fece risentire, insistente. Salii sulla rete della casa disabitata confinante con la mia e la vidi. Vidi Zebrettina tutta accucciata in un angolo che miagolava disperata.

Al mio richiamo accorse subito, mi vide e miagolò ancora di più.

Ci penso io non preoccuparti, adesso ti vengo a prendere.

Seguendo la recinzione trovai un punto dove la rete era rotta, lei forse era entrata da lì, solo che ora impaurita non sapeva più come uscire.

Mi ritrovai con una forza e una rabbia che pensai che l'avrei rotta con i denti quella rete pur di prendere Zebrettina.

Nel frattempo lei era salita sul muretto e io riuscii, davvero con tanta forza, a sollevare la rete quel tanto che bastò alla piccola contorsionista a venire fuori e precipitarsi in collo a me, da dove non intese scendere per tutto il giorno.

Alla fine la misi dentro uno zainetto, per poterla tenere come voleva e potere fare tutte le mille cose che dovevo fare.

Quella notte e per moltissime altre, Zebrettina dormì nel mio letto, spiaccicata addosso a me e se provavo a metterla accanto, dopo un secondo lei tornava sotto il mio collo.

Che dovevo pensare? A me pareva spaventata, molto, e per me questo poteva essere solo perché doveva avere assistito alla morte della madre. Chissà, forse Nena era morta per salvare lei, non posso dirlo.

Il giorno seguente Zebrettina tornò a starsene per terra anche se dove andavo io e dove veniva lei, compresa la passeggiata con Nick.

E quando davanti al calco di sangue lei iniziò a miagolare e a strusciarcisi tutta anche il più piccolo dubbio svanì. Era sangue di Nena quello, oltre ogni ragionevole dubbio.

Ho provato una sofferenza che non sapevo se, sommata alle altre, sarei stata in grado di reggere.

Tutte quelle morti, tutte a così breve distanza, era terribile, mi levava il sonno.

La mia Nenè, la mia piccola pelo di seta grigia, doveva avere fatto una morte orrenda.

E io mi sentivo responsabile. Ero io che avevo portato lì i miei gatti. Li avevo portati a morire mi ripetevo.

Anche dove vivevamo prima c'erano le volpi, solo che essendo un borghettino non si avvicinavano così tanto alle case.

Lì invece eravamo isolati, la casa era disabitata da tempo ed evidentemente le volpi circolavano tranquille e sicure.

E i miei gatti non erano preparati.

Una sera, era più o meno un mese e mezzo che vivevamo lì, scesi in cantina a prendere una bottiglia di vino e quando uscii fuori, nell'attimo in cui chiusi la porta, sentii l'inconfondibile rumore assordante delle fusa di Ugo.

Ecco, siamo già allo stato di follia mi dissi mentre risalivo le scale.

Ma qualcosa di scuro mi passò velocemente tra i piedi arrivando in cima prima di me e piazzandosi lì.

Ugooooooooooooooooooooooo. Oddio che grido che feci...

Ugo. Lo presi in collo e lui mi si strusciò tutto addosso ronfando a più non posso. Ugo... Ugo... non facevo che ripetere il suo nome. Poi me lo guardai bene per controllare che non fosse ferito.

Ferite ne aveva diverse, a un orecchio, sul collo ma tutte cicatrizzate, per il resto pareva stare bene. Solo, mamma mia come era magro, non c'erano più i suoi 7 chili.

Era affamato e anche molto impaurito. Non volle entrare in casa però e quando gli misi la ciotolina con il cibo sotto la loggetta divorò di corsa stando tutto rattrappito e guardandosi continuamente intorno. A ogni fruscio si volatilizzava, per riapparire poi guardingo.

Nei giorni seguenti continuò a comportarsi così, mi accorsi che era molto cambiato, diventava aggressivo se qualche gatto si avvicinava, eppure li conosceva.

Mi si stringeva il cuore, doveva essersela vista brutta diverse volte per diventare così, lui Ugo il paciocco, Ugo il dolcione, Ugo che dava le zuppe sul capo a Stella se lei si avvicinava troppo ma senza mai tirare fuori gli artigli.

Fisicamente era uno schianto… la dieta forzata aveva eliminato la ciccia in sovrappiù ed era bellissimo.

L'unica spiegazione che ho trovato plausibile a questa storia è che lui, infastidito da tutto quel viavai di gente sconosciuta, si fosse allontanato ma ben più delle sue intenzioni, senza poi riuscire più a ritrovarci. Non conosceva il posto, eravamo lì da soli due giorni quando era sparito.

Però ci aveva ritrovati! Mi pareva quasi un miracolo, sicuramente era qualcosa che leniva un po' i tanti dolori che mi portavo dentro.

Adesso che Zebrettina pareva stare meglio e di nuovo correva per il giardino senza bisogno di starmi appiccicata, a parte la notte, lo faceva lui. Non mi ha mollata per giorni, veniva anche fuori a fare la passeggiata con me e Nick.

E piano piano è tornato il mio solito Ugo. Dolce, non più pauroso, sempre affettuoso con i suoi simili, e sempre bulimico… ma ha ripreso a mangiare tranquillo senza più guardarsi intorno per il terrore di vedere spuntare una minaccia.

Una mattina sono entrati nel mio giardino tre gatti, tre gatti nuovi intendo. Due quasi identici, simil siamesi, ma a loro il pelo dal nocciola passa al beige chiaro chiaro, entrambi con due occhi azzurri spettacolari. Si distinguevano perché uno era il doppio dell'altro e quello più piccolo aveva una macchiolina marrone accanto al naso. Se ne stavano più in disparte, quasi intimiditi.

L'altro invece era nero, con il pelo lungo e un muso pieno di fiducia tanto da venire direttamente verso di me, alzare gli occhi per guardarmi e farsi prendere subito in braccio.

Erano femmine, tutte e tre. In seguito ho saputo che quella nera era la madre e le altre due erano le figlie.

Oddio, ma io non volevo altre bestie, ero stanca, triste, addolorata, facevo fatica a occuparmi di quelle che già c'erano.

Ma quelle tre, testone, insistevano, decisero di piazzarsi nel mio giardino, mangiavano il cibo dei miei gatti porca miseria.

Venni a sapere che avevano avuto una proprietaria, una signora che aveva appena traslocato da dove stava, pochi metri sotto casa mia, e nonostante tenesse le gattine in casa, le aveva abbandonate senza tanti complimenti.

Però era tanto preoccupata per loro, mi raccontò la sua vicina, la chiamava spesso per sapere se le aveva viste e come stavano.

Già, era tanto preoccupata. Anche tanto stronza, và...

L'epimeletica naturalmente poteva mica farsi i fattacci suoi?

Quella nera diventò Sofia, quella grossa Azzurra e la secca Calzini perché pareva avesse su i calzini bianchi a tutte e 4 le zampette. Era anche la più rustica, lei in casa non entrava né mi consentiva di prenderla in braccio.

Mi accorsi che Sofia aveva qualcosa che non andava, mi pareva gonfia, respirava male, a occhio era piena di catarro.

Via dal veterinario, nuovo mai incontrato prima e per fortuna abbastanza competente e molto disponibile.

Abbiamo fatto tutti gli esami per escludere le malattie terribili come la Fip, l'aids, la leucemia, insomma Sofia ha un problema respiratorio ormai cronicizzato. All'inizio ogni 15 giorni, adesso una volta ogni mese o anche un po' di più devo farle una iniezione di ciclosporine e cortisone.

Naturalmente le ho fatte sterilizzare.

Con l'inverno il freddo ha avuto la meglio sulla ritrosia di Calzini, anche perché la sua coperta umana, cioè Nick insieme al quale dormiva nella cuccia sotto la loggetta, l'ho convinto a dormire dentro.

Se non mi sbrigavo nelle sere invernali ad andare a letto, rischiavo di non trovarci più posto. Ugo, Zebrettina, Azzurra, Calzini, Tina la gattina e Sofia ne occupavano la maggior parte.

Non ci stavo proprio comoda, però che bello, che tepore. Quando il dolore per l'assenza di Stella mi tormentava un po' meno, se riuscivo ad addormentarmi era solo grazie alla ninna-nanna delle loro fusa.

QUANDO L'EPIMELETICA TI ABBANDONA

Senza parlare sei arrivata come una
vera regina, di nascosto
hai posato i piedi dentro l'anima.
(Tagore)

E succede quando muore la tua mamma. Mica in un qualsiasi momento della tua vita, mica con una persona qualsiasi. La tua mamma.

Non si riesce a farsene una ragione. O almeno io non ci sono riuscita.

Con il passare degli anni tanti dei miei rancori nei suoi confronti si sono stemperati, ho imparato a capire anche i suoi punti di vista, ad andare oltre al suo essere un panzer ma non ho mai imparato ad esserle vicina, veramente vicina intendo.

Sì, certo con il tempo la invitavo a casa mia, o la portavo al cinema, a volte riuscendo anche a gioire di quei momenti. Ma una carezza o un bacio era difficile mi venissero spontanei.

Mi rendo conto che, alla fine, nonostante se avessi dovuto parteggiare per uno dei miei genitori era senza dubbio per lei che lo avrei fatto, era comunque lei quella con cui ce l'avevo di più, quella che sopportavo di meno, quella con cui ero più severa.

Eppure era sostanzialmente lei che ci aveva cresciuto, me e le mie sorelle, e dedicato tutta se stessa anche quando eravamo grandi e vaccinate, praticamente senza soluzione di continuità.

La tenerezza nei suoi confronti è arrivata molto tardi, giusto pochi anni prima che si ammalasse, esplodendo poi durante la sua malattia.

Ma non è bastata, evidentemente.

Ci sentivamo al telefono ogni giorno, a volte anche più volte, anche magari solo per dirle di guardare il film che avrebbero trasmesso quella sera in tv perché le sarebbe piaciuto.

In realtà lei si è ammalata tanto tempo fa, di noia, di depressione, di scontentezza, di solitudine. Il cancro è arrivato molto dopo, chissà magari anche come conseguenza.

Ma non era facile aiutarla, orgogliosa come era.

La sollecitavo a fare qualcosa nel volontariato, per esempio, e lei all'inizio si entusiasmava. Le fornivo tutte le informazioni, tutti i recapiti.

E finiva col non farne di nulla perché pensava che la facessero subito responsabile psicologa del contatto con i bambini. Iniziare dal basso? Iniziare magari facendo le pulizie? Figurarsi!

Era bravissima a ricamare, cucire, fare la maglia e le avevo trovato dove rendersi utile mettendo a servizio di chi aveva bisogno questa sua grande capacità.

Non ci andò, o meglio provò ad andarci ma non riuscì a trovare il posto e non volle più riprovarci.

In realtà era solo spaventata, terrorizzata di trovarsi in situazioni dove potesse essere giudicata e, soprattutto, ritenuta non idonea. Buona a nulla, come io credo lei in fondo si sentisse. Anche (e soprattutto) quando non perdeva occasione per raccontare, a parole e a tutti, quanto fosse brava, quanto tutti chiedessero consiglio a lei, quanto puntualmente il dottore, o lo psicologo, o il sommo signor x le avessero detto: ma signora, lei ne sa più di me!

Ora che non c'è più mi struggo di tenerezza. Ma ora serve a poco, per non dire a nulla.

Mi sento in colpa? Sì.

È sbagliato? Forse, ma intanto è così che mi sento.

E soprattutto mi chiedo: possibile ci volesse la morte per accorgermi di quanto la amassi?

Da quando vivo in campagna, ormai moltissimi anni, andavo di rado a Firenze, per me entrare in quella casa non era mai piacevole. Come aprivo la porta non riuscivo a difendermi dalle immagini di tutto quello che vi avevo vissuto da bambina e da adolescente, e che mi aveva portato per lo più dolore e problemi.

Qualcosa con il tempo si era smosso, per esempio da diversi anni i miei compleanni o le varie ricorrenze volevo passarli lì, con i miei genitori, e mentre mangiavo mi arrivava, finalmente, oltre al sapore squisito anche quello, ancora più sublime, dell'amore che c'era dietro. E tuttavia resistevo poco, finito di mangiare me ne tornavo a casa mia e arrivederci alla prossima.

A detta di tutti io e la mamma siamo sempre state molto simili, fisicamente quasi identiche, caratterialmente simili su tante cose.

Da ragazzina non mi guardavo quasi mai allo specchio perché vedevo lei e la cosa mi disturbava parecchio. Arrivai anche a farmi bionda (lei aveva i capelli scuri come me) per cercare di somigliarle meno, con il risultato ridicolo di sembrare una puttana bionda finta e somigliantissima alla mamma.

Adesso guardarmi allo specchio mi fa sorridere. Tante rughe, qualche filo d'argento, la pelle non più giovanissima ma che bello, dio che bello poter quasi vedere il suo viso. Che esseri assurdi che siamo…

Nonostante non ci abbia mai consentito di avere animali, alla mamma piacevano molto, specie i cani ma anche i gatti. Per la mia Stella aveva un grande amore e si è sempre fatta in quattro per darmi una mano.

Spesso, dopo che tornavo dall'averli accompagnati alla stazione a prendere il treno che li avrebbe riportati a casa, e andavo in camera a rimettermi i vestiti da campagnola, trovavo sul comodino un po' di soldi, a volte dieci, a volte 50 euro, a volte mucchietti di spiccioli.

Non avendo entrate sue di certo li aveva grattati ai soldi che il babbo le dava per la spesa…

Quando è arrivato il cancro, non inaspettato visto come si erano messe le cose da un po' di tempo, lei è stata coraggiosa, combattiva finché ha potuto. Finché non è arrivato il dolore, finché non le è stato detto che non c'era più nulla da fare. Ha sempre voluto sapere tutto.

Sarebbe dovuta venire a stare qualche giorno da me, per uscire un po' da quella casa dove ha vissuto auto-segregata per una vita, seduta alla macchina da cucire prima, davanti alla tv dopo. Ma soprattutto per stare in compagnia, la mia, la sua figlia prediletta, cosa che lei ha sempre negato ma che era evidente a tutti. Tranne che a me, almeno da piccola.

Da adulta, credo che non si trattasse tanto di predilezione quanto di ammirazione. Forse lei vedeva in me qualcosa che lei non era riuscita a essere, al di là dei sogni. Di me era orgogliosa, questo l'ho percepito.

E poi da me c'era Stella che avrebbe potuto coccolare e viziare come la nipotina che da me non ha mai avuto, ma neanche chiesto devo dire.

L'idea le piaceva molto, e anche a me. Avrei voluto avere una bacchetta magica e far sparire il cancro prima di tutto o almeno passare un po' di tempo come madre e figlia, adulte, a ridere, parlare, guardare un film insieme.

Purtroppo non è stato possibile, c'erano continui esami da fare, poi la radioterapia, i ricoveri, e alla fine anche le bombole d'ossigeno.

Andavo a trovarla ma non tanto quanto avrei voluto sentire il bisogno di fare o, almeno, tanto quanto sapevo che lei avrebbe voluto.

Non ha mai chiesto nulla. Non mi ha mai rimproverata per farmi vedere così poco.

Non era mai sola, c'erano il babbo e le altre mie sorelle, c'era Tania, la bravissima badante che, da prima che si ammalasse, le dava una mano.

Io sono stata la grande assente.

Non voglio cercare giustificazioni, non mi massacro dai sensi di colpa anche se li provo, è andata così. Le cose vanno come vanno e non sempre si riesce a farci qualcosa.

Non riuscivo a sopportare la sua sofferenza senza poterla alleviare, non riuscivo a vederla rimpicciolirsi mentre le sue gambe si gonfiavano a dismisura pesando due quintali l'una.

Non riuscivo a sopportare i suoi discorsi strampalati quando gli antidolorifici sono stati aumentati, a sentirle dire mentre guardavamo un vecchio film alla tv, che il nonno durante la guerra era stato arrestato perché era una spia.

Non riuscivo a sopportare che non c'era più tempo, che non ci sarebbe mai più stato per recuperare qualcosa, che non avrei mai più avuto del tempo per avere con lei un rapporto sereno, d'amore.

E così ho fatto come lei con il volontariato, non potendo avere quello che volevo me ne sono andata, non ci sono stata.

Gli ultimi tempi i ricoveri sono diventati una costante, facevamo i turni per andare a trovarla.

Erano circa dieci giorni che non la vedevo, un'enormità lo so. Più sentivo avvicinarsi la fine e più prendevo (o perdevo) tempo.

La mattina del 18 luglio, domenica, era il mio turno. Sono partita per tempo perché mi ci volevano circa due ore per arrivare in ospedale da lei. Mi sono fermata a prenderle una pastina. La mamma è sempre stata golosissima, come me del resto, e anche se ormai non mangiava quasi più nulla chissà, forse un morsino a quel bigné con la panna, uno dei suoi preferiti, glielo avrebbe dato.

Mentre stavo iniziando a salire le scale con il mio sacchettino di carta bianca con dentro la pastina, è suonato il cellulare. Era la sorella di mezzo che mi chiedeva dove ero perché l'avevano chiamata dall'ospedale per avvertire che la mamma era peggiorata. Lei stava finendo di vestirsi e prendeva un taxi per raggiungermi.

Ho salito le scale di corsa sperando di avere ancora un minuto perché quando dall'ospedale ti chiamano per dirti che c'è stato un peggioramento vuol dire che il paziente è morto. Usano quell'eufemismo perché non possono dare una notizia del genere per telefono col rischio di procurare un malore in chi ascolta.

Ho corso come una matta, con il cuore in gola, sono sfrecciata davanti alle infermiere che non sono riuscite a fermarmi e sono arrivata di fronte alla sua camera. La porta era chiusa e lo zaino mi è scivolato dalla spalla e il sacchettino con la pastina è finito in terra. Le infermiere mi hanno raggiunta e sono entrate loro a chiamare un medico.

Ricordo tutto così bene, perfino il volto del dottore che mi diceva che la stavano rianimando e la sua espressione che dal no categorico non ha retto alle mie implorazioni: solo per una carezza la prego, e mi ha presa per un braccio per farmi entrare. Ma non è stato possibile perché in quel momento sono arrivati di corsa altri dottori con altri macchinari e la porta mi è stata chiusa sul viso con il sorriso mesto del dottore che mi chiedeva scusa.

Mentre chiamavo le mie sorelle, prima quella di mezzo e poi la piccola perché corressero se volevano sperare di salutarla e di portare il babbo, è come se fossi diventata un'altra persona.

Esternamente si vedeva solo il tremito, ho iniziato a tremare forte senza riuscire a controllarmi, ma dentro di me era come se fossi abitata da una me che non conoscevo, non mi sentivo padrona di niente, avevo paura, tanta paura. Mi sentivo come se avessi avuto cinque anni e stessi per essere abbandonata sola al mondo. Non so dirlo meglio.

Mi sembrava di non riconoscere nessuno, le mie sorelle quando di lì a poco sono arrivate, il babbo che è scoppiato a piangere e per il cui cuore malmesso tutti, noi, medici e infermieri, ci siamo preoccupati. Come se l'unica in grado di farmi riconoscere me stessa e il mondo nel quale vivevo fosse stata la mamma. E lei stava morendo, se non lo era già.

Come un'ossessione mi ripetevo che non mi vedeva da dieci giorni, che se ne andava senza sapere che le volevo bene, volevo dirle grazie di tutto e che era stata una brava mamma. E mentre lo pensavo mi dicevo che forse era una bugia ma in quel momento pur di farla andare via serena glielo avrei detto. Nessuno dovrebbe andarsene con il dubbio di aver causato dolore a ciò che più ha amato. È stato quel che è stato. Non c'era intenzionalità, solo il fatto che è tutta una catena, siamo quel che siamo perché veniamo da storie su cui spesso possiamo incidere poco.

Le avevo negato la gioia di vedermi, perché lo sapevo bene che per lei era una gioia, ne ero assolutamente certa.

Non ho versato una lacrima, non ci sono riuscita. L'avrei fatto fino a sfinirmi il giorno del suo funerale. Disperata.

Sono come lei, dura a volte. In difficoltà quando devo esprimere a voce i miei sentimenti. Tanto che due delle mie amiche più care non sono venute al funerale. Non avevano capito. né certo io avevo dato loro modo di farlo, che le avrei volute accanto a me.

È venuta Gisella, fregandosene delle mie ruvidezze e senza manco chiedermelo.

Ed è venuta tanta gente, la mamma sarebbe stata contenta. Lo so che pare una frase fatta e anche un po' stucchevole. Ma lei che si è sentita ed è anche stata così sola nella sua vita, magari avrebbe bofonchiato "questi stronzi, ora che sono morta arrivano", però sarebbe stata molto contenta.

Dopo un tempo che non sono in grado di quantificare perché davvero non so come scorresse, la porta della camera si è aperta e sono usciti il dottore di prima e una dottoressa che ci hanno spiegato la situazione.

Ma hanno fatto di più, ci hanno abbracciati, consolati e ringraziati quando, a domanda precisa, abbiamo tutti risposto: lasciatela andare. Lei sarebbe inorridita all'idea di finire tutta piena di tubi, un vegetale senza mai più riprendersi. Sono stati fatti tutti i tentativi di rianimazione previsti per legge, il resto non avrebbe avuto alcun senso perché la mamma non ci sarebbe comunque più stata. Non c'era già più, andata. Per sempre.

Dopo un po' ci hanno consentito di vederla, è andata per prima la sorella di mezzo.

Io non l'avrei riconosciuta, se non ci fosse stata lei accanto al letto non l'avrei riconosciuta.

Una cosa stranissima. Avevo visto persone morte, ma ricomposte per bene nella bara, perché parenti e amici se le possano ricordare al meglio.

Quel corpo steso in quel letto, con una tenda intorno per proteggerlo dalla curiosità, con lenzuola e coperte ben stese, non aveva niente che la collegasse minimamente alla mamma. Non mi faceva impressione, solo che non era lei.

Sembrava un vecchio capo indiano, almeno per come si vedono spesso rappresentati nei libri. Magrissima, la pelle grinzosa e del colore della pelle degli indiani, i capelli bianchi lunghi e tutti indietro, gli occhi chiusi e la bocca senza denti e un po' aperta. Ricordo che ho pensato: come in un grido o forse un canto.

Però nell'insieme non mi dava l'idea di sofferenza, ho pensato che quella fosse la vera mamma, ciò che per anni aveva tenacemente nascosto dentro di sé.

Forse per il dolore sragionavo, non so.

Era morta, non mi pareva neppure lei, epperò era l'ultimissima occasione che avevo per dirle quello che non avevo mai detto.

L'ho fatto lì, mentre la riempivo di mille carezze e di mille piccoli baci. Mentre la rassicuravo che al babbo ci avremmo pensato noi e che salutasse la nonna da parte mia.

Non mi sono sentita ridicola, non mi sono posta il problema se servisse a qualcosa, se mi potesse sentire oppure no.

Tutta la mia lucidità, il mio materialismo, il mio credere che dopo la morte non ci sia proprio nulla si sono sollevati per un po' sopra la mia testa lasciandomi libera di essere una bambina con la sua mamma.

Da tempo mi ero convinta che il momento in cui i miei genitori sarebbero morti sarebbe stato una prova durissima. Sempreché se ne fossero andati prima di me ma, se non si voleva pensare a cose strane, almeno da un punto di vista anagrafico la logica faceva pensare a questo.

I genitori rappresentano qualcosa che va al di là di qualunque considerazione razionale, che è insito nel punto più profondo di noi e questo indipendentemente, secondo me, dal rapporto che si sia avuto.

Ma non ero preparata all'abisso di disperazione in cui mi sono trovata, al fatto che mi sembrava impossibile che la mamma fosse morta. Impossibile. La vedevo, vedevo ogni minima sfumatura del suo viso, il modo di smanacciare mentre parlava, l'espressione spesso un po' truce dei suoi occhi, sentivo la sua risata, la sua voce, i suoi scatti d'ira. Com'era possibile che non ci fosse più!

Quando si dice sentirsi mancare il terreno sotto i piedi… era quello che provavo di fronte alla sua morte.

Chi avrebbe pensato a me ora? A chi mi sarei potuta rivolgere con l'assoluta certezza di trovare accoglienza in caso di bisogno? Santiddio, ma avevo 54 anni, mica ero una bambina! Eppure erano questi i pensieri e io non sapevo come affrontarli.

Ricordo bene la prima notte passata stringendo una sua vecchia camicia da notte e dondolandomi, seduta nel letto, come un'autistica. Del resto i rapporti tra noi due erano stati autistici...

Per mesi mi sono vestita esclusivamente con i suoi abiti e sono andata a letto usando esclusivamente le sue camicie da notte.

Penso moltissimo a lei, e nonostante siano passati cinque anni, ancora a volte mi sorprendo a pensare di telefonarle per dirle... e un attimo dopo rimanere stordita.

E così la mia epimeletica di cui vado tanto fiera mi ha lasciata sola, non è stata capace di aiutarmi a fare la pace in quel momento, in quei giorni. Mi ha lasciata sola con il dolore e un po' di vigliaccheria e di egoismo.

Eppure è una sua eredità. Lei la possedeva, magari spiccia, poco incline al sentimentalismo, ma la possedeva eccome, e forse me l'ha trasmessa mentre galleggiavo nella sua pancia.

Mi ha fatto anche un ultimo regalo. Da quando non c'è più, entrare in casa sua è doloroso, la sua assenza pesa moltissimo, ma ha cancellato il disagio che provavo prima. I ricordi dei brutti momenti vissuti da piccola, tra quelle stanze, si sono come volatilizzati, non mi si affollano più intorno. Grazie mamma.

Al cimitero, a parte il giorno della sepoltura, non ci sono più tornata. Lei mica è lì, è dentro di me e di lì non la toglie nessuno almeno finché sarò viva io.

Quel giorno, mentre la sua bara veniva calata nella fossa, le corde si sono impigliate malamente e sono scivolate dalle mani dei becchini e la bara è precipitata con un gran tonfo sollevando nuvole di polvere.

Ho strillato, ho avuto paura che si aprisse… epperò mi è scappato da ridere… anche pensando a lei che di fronte a una scena simile avrebbe riso come una matta.

E alla faccia del mio materialismo io quella risata la sentivo nelle orecchie. Che bella quella risata.

DUE PAROLE PER FINIRE

Ho ancora la forza di farmi trovare lì,
per chi mi vuole, sempre nella mia camicia
(Francesco Guccini)

Penso di essere arrivata alla fine di questo viaggio, seduta a volte comoda, altre meno, su una parola: epimeletica.

Non ho parlato di tutte le tappe legate ad essa, ma in fondo poco importa, penso che le più importanti ci siano.

Chissà perché ho voluto intraprendere questo viaggio, vallo a sapere. Forse per fare un po' di pulizia, per fare posto ad altre future occasioni in cui la mia epimeletica possa manifestarsi, compagna di vita e di avventure.

Forse per non dimenticare, dato che ormai ho una certa, come si dice oggi. Lasciando quel "certa" nell'incertezza di cosa significhi, se solo una certa età o anche una certa rincoglionitaggine.

Potevo anche farne solo un diario personale invece di un libro, magari alle persone non interessa.

Vabbè, intanto devo trovare un editore che lo pubblichi, il che non è per nulla facile né scontato, poi si vedrà. Io intanto ci provo.

Ancora una volta tutto è partito dal mio amore per gli animali in generale, per i cani in particolare, per i pastori tedeschi nello specifico che più specifico non si può.

È leggendo di etologia che mi sono imbattuta per la prima volta nell'epimeletica e da qui è venuto tutto il resto.

Non mi piace terminare ciò che scrivo con fatti tristi e/o dolorosi, ma in questo caso mi sono sentita di fare un'eccezione. Per ricordare a me stessa, prima che a tutti, che non sempre si riesce a dare il meglio di sé.

Comunque, sebbene in un mare di dolore, questo libro riesce a salutare chi legge con una risata. Forse un po' macabra, vista la situazione, ma tant'è…

È la vita, bellezza.

E ORA VIA AI RINGRAZIAMENTI…

Uno solamente. E lo voglio esprimere con il testo di una canzone, forse il più bell'inno alla vita che sia mai stato scritto. Violeta Parra la scrisse nel 1965 e la incise l'anno seguente. Ma la canzone raggiunse il successo solo nel 1971, per merito di Mercedes Sosa che la rese famosa prima nel suo paese di origine, il Cile, e poi in tutto il mondo. Con il golpe fascista di Pinochet, nel 1973, diventò un inno internazionale contro la dittatura: un inno alla vita contro la morte.

GRACIAS A LA VIDA

Gracias a la vida, que me ha dado tanto
Me dió dos luceros, que cuando los abro
Perfecto distingo, lo negro del blanco
Y en el alto cielo, su fondo estrellado
Y en las multitudes, el hombre que yo amo

Gracias a la vida, que me ha dado tanto
Me ha dado el oído, que en todo su ancho
Graba noche y día, grillos y canarios
Martillos, turbinas, ladridos, chubascos
Y la voz tan tierna, de mi bien amado

Gracias a la vida, que me ha dado tanto
Me ha dado el sonido, y el abecedario
Con el las palabras, que pienso y declaro
Madre, amigo, hermano y luz alumbrando
La ruta del alma del que estoy amando

Gracias a la vida, que me ha dado tanto
Me ha dado la marcha de mis pies cansados
Con ellos anduve ciudades y charcos
Playas y desiertos, montañas y llanos
Y la casa tuya, tu calle y tu patio

Gracias a la vida, que me ha dado tanto
Me dió el corazón, que agita su marco
Cuando miro el fruto del cerebro humano
Cuando miro el bueno tan lejos del malo
Cuando miro el fondo de tus ojos claros

Gracias a la vida, que me ha dado tanto
Me ha dado la risa y me ha dado el llanto
Así yo distingo dicha de quebranto
Los dos materiales que forman mi canto
Y el canto de ustedes, que es el mismo canto
Y el canto de todos, que es mi propio canto

Gracias a la vida, que me ha dado tanto.

GRAZIE ALLA VITA

Grazie alla vita che mi ha dato tanto
mi ha dato due occhi che quando li apro
chiaramente vedo il nero e il bianco
chiaramente vedo il cielo alto brillare al fondo
nella moltitudine l'uomo che amo

Grazie alla vita che mi ha dato tanto
mi ha dato l'udito così certo e chiaro
sento notti e giorni, grilli e canarini
turbini, martelli ed i lunghi pianti di cani
e la voce tenera del mio amato

Grazie alla vita che mi ha dato tanto
mi ha dato il passo dei miei piedi stanchi
con loro ho attraversato città e pozze di fango
lunghe spiagge vuote, valli e poi alte montagne
e la tua casa e la tua strada e il tuo cortile

Grazie alla vita che mi ha dato tanto
del mio cuore in petto il battito chiaro
quando guardo il frutto della mente umana
quando vedo la distanza tra il bene e il male
quando guardo il fondo dei tuoi occhi chiari

Grazie alla vita che mi ha dato tanto
mi ha dato il sorriso e mi ha dato il pianto
così io distinguo la buona o brutta sorte
così le sensazioni che fanno il mio canto
grazie alla vita che mi ha dato tanto

INDICE

Lisabetta Mugnai ha scritto "Nata sotto una buona Stella (Cercavo un fidanzato. Per un colpo di fortuna ho trovato un pastore tedesco) che ha riscosso giudizi molto positivi.
Poi si è detta: potrei anche scriverne un altro, tanto me la dico e me la canto da sola con il self-publishing.
Ha quasi 60 anni, quindi tempo ne ha ancora un bel po' per divertirsi.
Vive nel Mugello, in Toscana, attualmente con una pastorina tedesca duenne di nome Gemma e tre gatti: Ugo, Zebrettina e Sofia. In primavera ha ospitato anche tre rondini che si sono sistemate sotto il tetto della loggetta senza dare disturbo alcuno. E una tartaruga, arrivata chissà da dove, che ha scelto il lato nord del giardino per soggiornare.
Continua imperterrita a spiegare l'origine del suo nome, ogni volta che deve dirlo, per impedire che aggiungano la E iniziale. Nel suo nome non c'è in omaggio a una novella del Boccaccio: Lisabetta da Messina a cui i fratelli uccidono il fidanzato e ne nascondono la testa dentro una pianta di basilico messa sul davanzale. Pianta che cresce rigogliosa annaffiata dalle lacrime che Lisabetta versa mentre, affacciata alla finestra, aspetta inutilmente di vederlo tornare.
Nonostante tutto a lei il suo nome piace.

Finito di stampare nel mese di Settembre 2015
per conto di Youcanprint *Self-Publishing*

20295489R00090

Printed in Great Britain
by Amazon